SISSY HARNACK

Eine Sammlung von *Kurzgeschichten*

Pronomen: sie/ihr

novum ◢ pro

Dieses Buch ist auch als
e-book
erhältlich.

w w w . n o v u m v e r l a g . c o m

Bibliografische Information
der Deutschen Nationalbibliothek:

Die Deutsche Nationalbibliothek
verzeichnet diese Publikation in
der Deutschen Nationalbibliografie.
Detaillierte bibliografische Daten
sind im Internet über
http://www.d-nb.de abrufbar.

© 2024 novum Verlag

ISBN 978-3-99146-418-1
Lektorat: Andrea Sprenger
Umschlagfoto:
Ruth Black I Dreamstime.com
Umschlaggestaltung, Layout & Satz:
novum Verlag

www.novumverlag.com

Druckprodukt mit finanziellem
Klimabeitrag
ClimatePartner.com/16547-2311-1001

Inhaltsverzeichnis

Autorenbeschreibung

Sissy Harnack ist eine deutsche gelernte Autorin. Sie will ihr Hobby gern zum Beruf machen. Seit 19.03.2007 betreibt * Sissy Harnack einen Blog. Dieser heißt: http://www.sissys-ziel.de. Auf diesem veröffentlicht sie Kurzgeschichten und Gedichte. Da * Sissy Harnack Rollstuhlnutzer*in ist, ist das Ziel ihrer Literatur, anderen Menschen mit Behinderung und queerem Lifestyle, mit Migrationsgeschichte, Mut zu machen, sich in die Mitte der Gesellschaft zu stellen und nicht an den Rand zu stellen. 2012 absolvierte sie den Studiengang Kreatives Schreiben erfolgreich.

Hochzeitspläne

Autor*in: Sissy Harnack

Wir schreiben das Jahr 1905. Willkommen in Welvihn. Nanu, was ist denn da los? Aus dem kleinen Schlösschen drang fürchterliches Geschrei. Kommt, wir sehen mal nach, was da los ist! Eine junge Frau mit langen, braunen Locken saß am Tisch, der inmitten des Esszimmers stand. Sie verbarg ihr Gesicht in den Händen. Vor ihr stand eine alte Frau. Sie schaute verdrießlich drein. Dann fauchte sie wutentbrannt:
„Johann heiraten? Diesen Schweinehirten." Ich glaube, ich kläre euch jetzt mal besser auf: Die Frau, die am Tisch saß, hieß Laura Marie de Klod. Ihre Vorfahren waren adlig. Aber ihr Vater, der Thronerbe von Welvihn, hatte sich strikt gegen ein Leben im goldenen Käfig geweigert. Er mochte lieber seine Leidenschaft für ferne Länder bewahren, da er leidenschaftlich gern umherreiste. Auf seiner Entdeckungsreise in Italien verliebte er sich in eine Straßenkünstlerin. Sie brannten durch und später ereilte ihn das Vaterglück. Adelheids Mutter war verärgert über seinen Entschluss. Also bestieg sie den Thron. Doch da sie alt war, spielte sie mit dem Gedanken, Laura gut zu verheiraten. Doch diese verweigerte es, den Bund der Ehe einzugehen.
So, nun wisst ihr Bescheid: „Das muss ich mir nicht geben", brüllte Laura Marie. Sie stürmte die Treppe hinauf in ihr Zimmer. Dort stülpte sie sich ihren Reisemantel über. Rasch verriegelte sie die Tür, damit ihre Oma nicht auf dumme Gedanken kommen konnte. Ohne zu überlegen kletterte sie aus dem Fenster. Gott sei Dank konnte sie sich nix brechen, da die Fenster tief angelegt waren und sie gleich mit den Füßen auf der Wiese stand. Sie eilte auf dem schnellsten Weg in den Schweinestall, wo Laura Johann bei der Arbeit vorfand. „Ich hatte schon Sehnsucht nach dir", sagte er. „Tut mir leid, aber Oma ist im Dreieck gesprungen. Ich musste rausschleichen", antwortete sie. „Na, Hauptsache, du bist da", erwiderte er und küsste sie. Die Kerze,

die er in der Hand hielt, fiel zu Boden. Sekunden später stand der Schweinestall in lodernden Flammen. Hustend versuchten sie die Schweine zu retten. Doch zu spät. Sie waren tot. Rasch holten sie Wassereimer und löschten den Brand. „Tja, das war mal ein Schweinestall", seufzte Johann. „Wir kriegen das schon hin", tröstete sie ihn. Die Tür ging auf und der Gutsherr trat ein. Sein wütender Gesichtsausdruck und die Glatze ließen sein Gesicht wie eine Marzipankartoffel wirken. „Johann Mischberger, wer sonst?" und er starrte Laura an, als sei sie eine Hexe. Offenbar war er völlig überrascht über ihre Gegenwart. Als er die Fassung wiedergewonnen hatte, verbeugte er sich vor ihr. „Oh, Ihre Hoheit, ich dachte nicht, dass Ihr hier seid. Offen gesagt ist das eine bodenlose Frechheit. Ich lasse den Nachtwächter rufen, er soll Euch nach Hause bringen. Es ist nicht nötig, dass Ihr für noch mehr Aufruhr sorgt und mit Eurer Oma werde ich auch ein Wörtchen reden. Nachts umherschleichen, wo gibt es denn sowas und noch dazu, wo Ihr die Gräfin von Welvihn seid", rief er kopfschüttelnd. Er zog Johann am Ohr aus dem Schweinestall.

Am nächsten Morgen herrschte beim Frühstück auf dem Anwesen von Welvihn dicke Luft. „Bist du irgendwie sauer auf mich, Oma?", fragte Laura mit großem Unbehagen in der Stimme. „Nein, ganz und gar nicht", meinte sie ironisch. Laura versprach ihr hoch und heilig, nachts nicht mehr umherzuspazieren. Doch sie ließ sich von dem Plan, eine zusätzliche Magd einzustellen, nicht abbringen. Die Bewerberinnen für die Stelle waren alle entweder stinklangweilig, zu alt oder sie hatten zu verkorkste Ansichten. Laura musste schon einen Knoten in der Zunge gehabt haben, so oft wie sie Tante Adelheid „Ich mag sie nicht haben" gesagt hatte. Doch dann kam er ... Der Traummann schlechthin. Er war groß, schlank und hatte lockige, dunkle Haare. Im Schlepptau hatte er ein junges, verschüchtertes Mädchen, das die Stelle als Magd dringend brauchte. Der Mann war ihr Vater. Die beiden Mädels verstanden sich auf Anhieb. „Eure Enkelin ist von übersinnlicher Schönheit. Wenn sie erlaubt, würde ich ihr gern meine Aufwartung machen", sagte er.

Der Mann überreichte Laura ein Schächtelchen mit einem Silberarmband. Laura nahm es dankend an. „War mir ein Vergnügen", sagte er und küsste ihre Hand. An Lauras Oma gewandt, fügte er hinzu: „Vielleicht sieht man sich mal wieder". Ein Diener begleitete ihn hinaus. „Netter Mann, dieser Herr von Kirschberg", sagte sie. „Er wäre in der Tat eine gute Partie für dich", meinte ihre Oma. Genervt stieg sie die Treppe zu ihrem Zimmer hinauf. Lauras Magd räumte auf ihren Befehl hin ihr Zimmer auf. Dann befahl sie ihr, das Zimmer zu verlassen. Abermals kletterte sie aus dem Fenster. Laura rannte die Straße hinab ins Dorf, wo sie Johann vorfand. Er saß auf einem Baumstamm und spielte Flöte. Laura sah ihn besorgt an. Dann fiel ihr Blick auf eine Zeitung mit der Schlagzeile „Rührend: Schweinehirt sucht Märchenprinzessin." Du hast mein Leben zerstört. Ich habe wegen dir meine Arbeit verloren und mich zum Gespött des Dorfes gemacht. Wünsche Eurer Hoheit einen angenehmen Tag. Im Schloss angekommen, schlich sie in ihr Zimmer. Sie warf sich aufs Bett und weinte. Die Ereignisse der letzten Nacht nagten an ihr. Auch Johanns Worte machten ihr sehr zu schaffen. Ihre Laune sank in den nächsten Tagen immer mehr und mehr. Herr von Kirschberg kam in den nächsten Tagen häufig, um ihr seine Aufwartung zu machen. Dies nervte sie sichtlich. Einmal knallte sie ihm sogar die Tür vor der Nase zu. Ihr Vater schockierte ihre Oma sehr. „Du bist die Gräfin, du darfst dich nicht so verhalten, das schadet unserem guten Ruf und dem unseres Hauses", sagte sie kühl. „Es tut mir leid, wenn Sie sich für mein Verhalten genieren, liebste Großmutter", sagte sie und tat sehr reuevoll. Während sie sprach, kreuzte sie die Finger im Rücken. „Herr von Kirschberg bittet, seine Aufwartung machen zu dürfen", sagte ein Diener. Lauras Oma nickte ihm freundlich zu. Er öffnete Herrn von Kirschberg die Tür. Die Oma verließ den Raum. Herr von Kirschberg und Laura waren allein. „Ihr seht bezaubernd aus", sagte er. Laura warf ihm einen missbilligenden Blick zu. „War's das?", fauchte sie. Der wunderschöne Ring, den Herr von Kirschberg ihr schenkte, schien sie kalt zu lassen. Sie steckte ihn wortlos in die Schachtel zurück. Ein Gefühl sagte ihr, dass es unklug wäre, ihn rauszuwerfen. Deshalb führte sie ihn durch den Garten. Er war sehr angetan von der Blumenpracht. Sie ließen sich auf einem gefällten Baumstamm nieder. Herr von Kirschberg rückte näher an sie heran. Er strich über ihr Haar und ihre Wangen. Dann küsste er sie. Aus den Augenwinkeln sah Laura Johann den Berg heraufkommen. Am liebsten hätte Laura laut aufgeschrien. (Doch dies schickte sich nicht für eine Gräfin.) Deswegen erfand sie die Notlüge, sie müsse zum Lateinunterricht. „Schade", meinte Herr von Kirschberg bedauernd. Laura schloss sich in ihrem Zimmer ein. Sie betrachte ihr Gesicht voll Hass und Selbstmissachtung im Goldspiegel ihr gegenüber. Plötzlich fing sie zu weinen an. „Laura Maria de Klod, du bist einerseits attraktiv, charmant, aber andererseits nutzlos und biestig", schrie sie. Sie warf den Spiegel zu Boden. Ihre Magd fragte besorgt, was sie habe. Sie befahl ihr, nur die Scherben aufzufegen. „Habt Ihr noch einen Wunsch?", fragte sie. „Nein, geh und schließ die Tür", rief Laura. Matilda, die Magd, tat, wie ihr geheißen. „Hast du rausgefunden, wer die heimliche Liebe der Gräfin von Welvihn ist?", fragte Herr von Kirschberg, der auf Matilda wartete, leise. „Nein, Herr, ich habe weder Tagebuch noch Briefe an Freunde, in denen sie von ihm berichtet, ausfindig machen können. Die Gräfin scheint nicht viel von Niederschreibungen zu halten", meinte Matilda angstvoll. Am nächsten Morgen schien Lauras Oma endgültig klar zu werden, dass der gute Ruf von Gut Welvihn und ihre Würde den Bach runtergingen, denn ein Diener brachte ihr einen gut versiegelten Brief. Sie öffnete ihn. Plötzlich wurde ihr flau im Magen. Blässe stieg in ihr Gesicht. „Was ist?", fragte Laura erschrocken. Ihre Großmutter hielt ihr den Brief vor die Nase. „Aber die Rechnung von zwölftausendneunhundertachtundachtzig Reis Mark ist doch kein Problem für uns, oder?", fragte Laura zweifelnd. Ihre Großmutter überzeugte sie sehr mit dem Argument, dass die Dienstboten, Nahrungsmittel und Heizkohle bezahlt werden müssen. Dann rief sie entschlossen: „Liebes, es gibt nur eine Chance, das Gut zu retten, du musst heiraten." „Ich heiraten? Nicht um alles in der Welt. Lieber verzichte ich auf Schmuck, goldene Haarspangen und Ballkleider". Sie erhob sich und rannte davon. Lauras Großmutter schüttelte den Kopf. Am Nachmittag machten Laura und ihre Großmutter einen Spaziergang. Laura trug ihr schönstes Kleid und eine Hochfrisur. Neugierige Blicke der jungen Herren verfolgten sie. Man sah ihr das Unbehagen an. „Lächle und grüße sie", sagte ihre Großmutter. Laura tat, wie ihr geheißen. Dennoch nicht von Herzen. Ihr Lächeln wirkte angespannt. Doch die jungen Herren erwiderten es beeindruckt. Als sie wieder im Schloss ankamen, ging die Leier „Du musst heiraten" weiter. Laura fühlte sich nicht minder genervt. Deshalb erfand sie die Ausrede, dass sie müde sei. Ihre Oma ließ Laura auf ihr Zimmer bringen. Laura war sehr froh darüber, endlich Zeit für sich zu haben. Sie beschloss ein wenig zu lesen. In dem Buch, welches sie las, ging es um ein Bauernmädchen. Laura träumte sich gern in seine Rolle. Da sie auf Deutsch gesagt die Nase voll von aller Etikette hatte, wie gern würde sie mit ihm tauschen. Dann würde sie ihren Johann heiraten können. Sie seufzte, gähnte und schlief ein. Laura träumte, sie sei Helena, das Bauernmädchen. Als sie am Morgen aufwachte, wurde ihr klar, dass sie es nie sein könnte, denn Herr von Kirschberg bat in aller Herrgottsfrühe um ein alleiniges Gespräch mit ihrer jungen Hoheit. Da Laura sich noch ankleiden ließ, unterhielt ihre Oma sich ein wenig mit ihm. Dieser konnte sich die Bemerkung nicht verkneifen, sie habe die süßeste Enkelin der Welt. „Also gefällt Euch meine Enkelin?", fragte sie und wurde hellhörig. Er nickte. „Könntet Ihr Euch vorstellen, sie zu heiraten?" Als er ihr antwortete, es gäbe nichts Schöneres für ihn, schnellte Laura um die Ecke und brüllte: „Du spinnst, ich bin kein Tier, was du zum Verkauf anpreisen kannst." Daraufhin sperrte ihre Großmutter sie in ihr Zimmer. Laura ließ sich auf ihr Bett fallen und weinte. Niemand scherte sich darum. Ihrer Großmutter ging es nur darum, sich bei ihm zu entschuldigen. „Sie hat ein wenig Kopfschmerzen", log sie. Am nächsten Morgen bekam sie einen riesigen Rosenstrauß zur

Genesung, welchen sie entsorgen ließ. Lauras Oma war sehr schockiert und zugleich enttäuscht über ihr Verhalten. „Das schickt sich nicht für eine Gräfin", rief sie ernst. Während sie sprach, blickte sie streng zu ihr auf. „Du hast keine Ahnung, wie ich mich fühl", schrie sie. Völlig durcheinander und mit Tränen in den Augen zog sie von dannen. „Laura, komm zurück! Ich habe immer für dich gesorgt, mit dir gefühlt und nur gute Absichten um deinetwillen gehabt. Ist das der Dank dafür?", fragte sie wutentbrannt. Doch Laura knallte ohne Antwort die Tür hinter sich zu. Ihre Großmutter schüttelte nur den Kopf. Sie bat die Köchin, ihr einen Beruhigungstee zu kochen. Ihre Freundin kam zu Besuch. Beide Damen beschlossen, sich in den Garten zu begeben. Einer der Diener servierte ihr den Tee im Garten. Ihre Freundin fragte stirnrunzelnd und zugleich besorgt, warum sie Beruhigungstee trinke. Daraufhin erzählte sie ihr alles. „Diese undankbaren jungen Dinger", krächzte sie. „An dir liegt es nicht, du warst ihr in all den Jahren eine gute Ziehmutter", fügte sie lobend hinzu. Andere Mädchen würden sich glücklich schätzen, mit ihr tauschen zu können, sagte sie und nahm einen großen Tee. Beim Abendessen herrschte zwischen beiden Totenstille. Am nächsten Morgen kam Herr von Kirschberg, um sich nach Lauras Gesundheit zu erkundigen. Dass er im Glauben war, ihr ginge es nicht gut, kam Laura gerade recht. Sie hustete und nieste übertrieben heftig. Herr von Kirschberg fragte, ob er ihr irgendetwas Gutes tun könne. „Nein, nein, meinen herzlichsten Dank, aber ich gehe lieber wieder ins Bett", antwortete sie rasch. Zufrieden mit sich und der Welt öffnete Laura die Zimmertür. Natürlich ging sie nicht ins Bett. Stattdessen setzte Laura sich ans Fenster und lauschte dem lieblichen Vogelgesang. Für einen Augenblick tauchte Laura in eine Welt, die fern von der Realität lag. Sie träumte, dass sie Helena, das Bauernmädchen, war und mit Johann auf der Wiese lag. Hinter ihr ging die Tür auf und riss sie hinfort von allen süßen Träumen in die Realität. „Liebes, Zeit für den Lateinunterricht", rief ihre Oma. Seufzend erhob Laura sich vom Stuhl. Als der Lateinunterricht geendet hatte, verzog sie sich wieder auf ihr Zimmer. Laura grübelte, was der Traum von Johann zu bedeuten hatte. Urplötzlich wurde ihr klar, dass es nicht in ihrer Macht stand, Johann durch Missachtung zu strafen. Sie schloss die Tür ab und kletterte wie in der Nacht des großen Skandals aus dem Fenster und ging den Weg zu Johanns Haus. Er saß wieder mal auf einem Baumstamm und spielte Flöte. Laura begrüßte ihn lässig. Doch er sah nicht zu ihr auf. „Johann, ich bin's, Laura", sagte sie, zweifelnd, ob er sie wiedererkenne. „Ich weiß sehr wohl, wer du bist", meinte er kaltblütig. Ohne sie eines Blickes zu würdigen, ging er ins Haus. Johann knallte ihr die Tür vor der Nase zu. Sie klopfte und kratzte an der Tür, aber von drinnen kam keine Gegenreaktion. Erst als Laura damit drohte, die Tür einzutreten, öffnete Johann. „Begreifst du nicht, dass ich nichts mit dir zu tun haben will?", schrie er. „Ich weiß, dass du mich liebst", rief Laura überzeugt. Der wütende Blick wich aus Johanns Gesicht. Wenige Augenblicke danach schloss er die Tür wieder. Laura schlich sich weinend ins Schloss. Am nächsten Morgen sah die Welt nicht besser aus. Der Lateinprofessor fragte sie Vokabeln ab, die sie nicht gelernt hatte, und maßregelte sie dafür. Ihre Oma plagte Laura mit Vorträgen wie „Du musst heiraten". Laura ergriff die Flucht in ihr Zimmer. Von dort aus schlich sie sich in die Waffenkammer. In einer hölzernen Vitrine auf Samtkissen lagen die Waffen, mit denen ihr Vater im Krieg gekämpft hatte. Sie griff nach dem Schlüssel für die Vitrine und nahm einen Revolver heraus. Den Revolver in den Händen, stieg sie die Treppe zu ihrem Zimmer hinauf. Laura richtete ihn auf ihre Brust, im selben Moment betrat ihre Großmutter das Zimmer. „Laura, bist du von allen guten Geistern verlassen?", fragte ihre Oma und entriss ihr den Revolver. Laura stürzte sich weinend in ihre Arme. Nach einer Weile, als sie sich beruhigt hatte, fragte ihre Oma, warum sie zu einer grausamen Tat greifen wolle. „Oma, ich halte diesen Druck nicht mehr aus, du sagtest, ich solle mich mit Herrn von Kirschberg verheiraten, aber ich lieb ihn nicht", rief sie verzweifelt. Ihre Oma lächelte aus irgendeinem

Grund amüsiert. Laura sah sie verwundert an. Nachdem einige Zeit ins Land gegangen war, sagte sie: „Kleines, es ist mir völlig gleich, wer dein Gemahl wird, wenn er adlig ist und dich wirklich liebt". Laura fiel ihr abermals um den Hals, der Unterschied war bloß, dass sie diesmal übers ganze Gesicht strahlte. Sie konnte sich die Bemerkung, dass ihre Oma die Größte sei, nicht verkneifen. „Ist ja schon gut, aber das nächste Mal lass uns gleich reden." Am nächsten Morgen jedoch sah die Welt allerdings nicht mehr so bonbonrosa und lieblich aus. Beim Frühstück sah ihre Oma finster auf die Rechnung hinab. „Das ist die Fünfte in diesem Monat, ich habe keine Ahnung, wie wir das finanzieren sollen", jammerte sie. Laura war nicht sicher, ob die Bemerkung „Wir sind doch reich" so ein Trost für sie war, wie sie es sich erhofft hatte. „Leider können wir unser Geld nicht aus einer Märchentruhe im Keller holen, Liebes. Wir leben von der Forst- und Landwirtschaft. Der heftige Sturm hat die Ernte mager ausfallen lassen", sagte sie betrübt. „Ich heirate", sagte Laura, entschlossen, dieses große Opfer aufzubringen. „Bist du dir sicher, dass du das tun willst?", fragte ihre Oma prompt. Gegen das Argument, sie habe so viel für sie getan, konnte ihre Oma nichts einwenden. Am nächsten Morgen schrieb ihre Oma an alle jungen Herren der Umgebung Einladungen zu einem Ball, auf dem sie Laura ein wenig besser kennen lernen sollten. Eine Woche später fuhren ungefähr achtzig Pferdekutschen auf den Hof von Gut Welvihn ein. Es war ein ausgesprochen netter Abend. Ihre Oma hatte die besten Komponisten im ganzen Land kommen lassen. Die Herren waren ziemlich angetan von Laura. Offenbar fühlte diese sich in Gesellschaft der jungen Herren wohl. Laura genoss es sichtlich, von den jungen Herren so umgarnt zu werden. Sie schien zum ersten Mal in ihrem Leben richtig glücklich zu sein. Laura lachte sich halb krank über die Witze eines Freiers. Sie tanzte ausgelassen mit jedem von ihnen. Laura blühte förmlich auf und vertiefte sich mit einigen der Herren in nette Gespräche. Ihre Oma erkannte sie kaum wieder und fragte sich, ob es vielleicht ein Fehler gewesen sei, Laura erst jetzt in die Gesellschaft einführen zu wollen. Sie fand es sehr verwunderlich, dass Laura mittlerweile das dritte Glas von dem guten französischen Rotwein geleert hatte. „Ist das nicht ein Gläschen zu viel für die junge Gräfin?", fragte einer der Diener. „Die junge Gräfin ist durchaus in der Lage, ihren Alkoholgenuss in Mäßigkeit zu halten", erwiderte sie kühl. „Sehr wohl, Eure Hoheit", sagte er. Das Eichenportal öffnete sich und Herr von Kirschberg erschien. Mit einem Mal beherrschte ein unbehagliches Schweigen den Tanzsaal. Eine Zeit lang war es so still, dass man eine Stecknadel hätte fallen hören können. Urplötzlich durchbrach erregtes Getuschel die eiserne Stille. Herr von Kirschberg trat auf Laura zu. „Guten Abend, Ihre Hoheit. Ich hatte schon einmal das Vergnügen, Eurer Hoheit charmante Bekanntschaft zu machen", sagte er und küsste ihre Hand. „Glaubt ihm kein Wort, Eure Majestät. Dieser Mann lügt", rief eine Männerstimme in den Saal hinein. „Er ist ein einfacher Stallbursche und dient meinem Vater. Den Namen hat er sich auch nur ausgedacht. Richtig heißt er Friedrich Heppner. Er hat Eurer Hoheit auch so eine große Rechnung geschickt, damit die Armut Euch heimsuche und Ihr ihn zu Eurem Gemahl nehmen müsst. Wir haben uns lange Zeit gewundert, warum er bei Hofe war. Er sagte meinem Vater, er hälfe einer alten Frau bei der Ernte. Mein gütiger Herr Vater glaubte ihm und zahlte ihm seinen Monatslohn im Vertrauen aus, von dem er sich die feinen Mäntel unter dem Vorwand, er brauche sie für ein Theaterstück, schneidern ließ und Euch diese vielen Geschenke machte. Irgendwann wurde ihm klar, dass er die Rechnungen nicht bezahlen konnte und er schickte sie an Eure Großmutter. Jetzt kommt das Allerschärfste ... Eure Magd, seine Tochter, die die Stelle so dringend brauchte, ist eine Spionin, die ihm Information über Ihre Hoheit überbringen sollte. Es hat lange gedauert, sich so vertrauliche Informationen zu beschaffen. Doch die Gütigkeit Ihrer Hoheit, mich zu lieben, trotz allem Leid, was ich ihr antat, indem ich mich als Schweinehirt Johann anstatt Johann von Weinberg ausgab, und deine unvergleichliche Schönheit waren es mir wert. Deine Oma, mein kleines Schwänchen, hat gewusst, wer ich war. Wir wollten dich testen, ob du auch mich liebtest, wenn ich ein einfacher Schweinehirt sei, bitte verzeih, dass ich dich beschwindelt habe. Wenn du mich denn immer noch liebst, so frag ich dich: Willst du meine Frau werden?", fragte Johann gespannt. „Natürlich will ich", strahlte Laura. Am nächsten Morgen wurden die beiden Betrüger dem Wachtmeister überführt. Die Hochzeit wurde ein rauschendes Fest. Ich gönne den beiden ihr Glück und hoffe, sie mögen bis ans Ende ihrer Tage glücklich sein. Mein Wunsch für die beiden sollte sich auch erfüllen. Denn Laura ereilte ein Jahr nach der Hochzeit das Mutterglück. Eine kleine, süße Tochter namens Sarah erblickte das Licht der Welt. Ihre Oma kam von weit her, um ihre Urenkelin zu sehen. Voller Stolz wiegte sie Sarah im Arm. Die Diener und Dienerinnen waren auch angetan von der übersinnlichen Schönheit der kleinen Prinzessin. Einige Tage später stellten Ärzte fest, dass die kleine Sarah blind war. Die Nachricht schockierte Laura sehr. Eines schönen Morgens fuhr sie allein mit dem Boot auf die See hinaus. Stürmischer Wind brauste die See auf und brachte das Boot vom Kurs ab. Es verschlug sie auf eine einsame Insel. Aus lauter Verzweiflung stürzte Laura sich in die Tiefe des Meeres und ertrank. Noch am selben Abend teilt man Johann die schreckliche Nachricht mit. Dieser war so geschockt, schloss sich in einen halbdunklen Raum ein, aus dem er wochenlang nicht herauskam, und weinte. 5 ½ Jahre später beschloss Johann, ihr die letzte Ehre zu erweisen, indem er ihre Geschichte niederschrieb.

Hier ist ein Auszug aus dem Buch: Laura war ein wundervoller Mensch. Ich bin stolz, sie gekannt zu haben und glücklich, eine so tolle Zeit mit ihr verbringen zu dürfen. Dennoch bereue ich es, sie nicht von allem Leid und aller Last befreit zu haben. Doch ich werde unserer Tochter Sarah, soweit es geht und in meiner Macht steht, ein schönes Leben ermöglichen. Denn ich weiß, die Beweglichkeit ihres Geistes, ihre Güte und ihre Charakterstärke werden in Sarah weiterleben.

Jahr 2004

Mein Meinungsbild zur Globalisierung der feministischen Innen- und Außenpolitik

In der aktuellen Facharbeit widme ich mich meinem Meinungsbild über die derzeitige Situation in der feministischen Innen- und Außenpolitik, ihrer Problematik der Globalisierung, den geschichtlichen Rückschlägen, aber auch über die innenpolitische Lage und derzeitigen minimalen Fortschritte.

Als Mensch mit Behinderung und Frauenrechtsaktivist*in werde ich nahezu täglich mit Antifeminismus, ernsten und konstruktiven Diskussionen konfrontiert.

Erschreckend ist, dass ich beinahe täglich sehr verzweifelte Hilferufe aus aller Welt erhalte, von diversen Hilfsorganisationen, Feminist*Innen, queeren Menschen und leider auch von etlichen anderen Damen mit Behinderung.

Das berührt mich sehr auf eine unbehagliche Weise.

Denn die Bedingungen für die humanitären Hilfen sind eine reine Katastrophe und die Situation verschlechterten der betroffenen Frauen sich global betrachtend rapide.

Bei dieser Entwicklung dürfen wir nicht tatenlos zusehen.

Sonst hätten wir Frauen für die Umsetzung von unseren Rechten gekämpft für umsonst und der Antifeminismus hätte gewonnen Und das darf nicht unser Ziel sein.

Denn ich bin der Meinung, dass die Unterdrückung der Frau ein globales Problem darstellt. Leider betrifft es nicht nur die Entwicklungsländer, sondern auch Deutschland und Europa:

Ich sehe den Faschismus und Sexismus als Hauptgrund für die Ausweitung des Antifeminismus. Auch sehe ich die Sicherheitslücken der Netzpolitik und ihre Umsetzung als eine Begünstigung des Antifeminismus. Zudem befinde ich Werbung, die Frauen als Sexobjekte darstellt, ebenfalls als Grundlage für das globale Wachstum von Sexismus und Antifeminismus.

Doch der größte Tatort für antifeministische und sexistisch motivierte Straftaten ist meines Erachtens nach das Netzwerk der Social Media. Denn so sehr, wie Social Media uns Menschen auch behilflich ist, uns global zu vernetzen beziehungsweise zu vermarkten, so gefährlich ist es aus meiner Sicht dennoch. Denn Social Media bietet Tätern anonym die Möglichkeit, Frauen und queere Menschen sexuell zu belästigen, zu mobben und ihnen sogar mit Vergewaltigung oder Mord zu drohen. Und das Schlimme ist, jeden Tag vermehren sich die Cyberangriffe auf Frauen und queere Menschen.

Auch finde ich es beschämend, dass die Einsamkeit von vielen Frauen mit Behinderung und queeren Menschen ausgenutzt wird, zum Beispiel durch unzählige Fake-Profile in global zugänglichen Singlechats, wodurch sich einsame Frauen mit Behinderung und queere Menschen falsche Hoffnungen bei der Partnersuche machen. Weil sie ein unrealistisches Bild von ihrem Chatpartner*innen bekommen. Sich dann bis über beide Ohren verlieben und das unglücklich. Frauen, ganz gleich, ob mit Behinderung oder ohne, oder queere Menschen, die verzweifelt nach einer/einem Partner*in suchen, sind zu allem bereit, ihn zu bekommen und zu behalten.

Viele Frauen verkaufen sich unter Wert und lassen sich zu viel gefallen. Sie erniedrigen sich für die angebliche Partnerschaft. Auf die kurz darauf erfolgte in Trennung.

Sehr viele Frauen gehen nach der Trennung in den Suizid.

Auch werden jährlich unzählige Frauen vergewaltigt und sogar getötet. Ich bin der Meinung, dass für den Schutz von Frauen getan, aus politischer Sicht und auf staatlicher Ebene.

Opfer von Vergewaltigungen, Misshandlungen und Stalking oder einer sexuellen Belästigung jeglicher Art und Weise sind berechtigt, wenn gewünscht, Hilfsangebote zu erhalten. Doch auch hierbei gibt es deutschlandweit und europaweit ein schwerwiegendes Problem in der Frauenbetreuung. Dies ist der global bekannte Personalmangel beziehungsweise Fachkräftemangel sowie die fehlenden und vor allem barrierefreien Räumlichkeiten für die Betreuung und Beratung von Frauen und vor allem für die Frauen, welche Schutz und Sicherheit vor Gewalt oder Krieg sowie Klimawandel oder existenziellen Nöten suchen.

Probleme in der Globalisierung der Rechte von Menschen mit Behinderung

Erfassung der Probleme in tabellarischer Form 1.1

Probleme Indikatoren
Inklusion in Kindergarten & Schulen gestalten Kinder ohne Behinderung müssen durch eine soziale Erziehung auf Freundschaften mit Menschen mit Behinderung vorbereitet werden
Genehmigungen v. finanziellen Mitteln durch Ämter vereinfachen, menschenwürdige Behandlung von Klient*innen, bessere Einschätzungen der Lebensform & Fähigkeiten der Einzelnen
Bildung und Gespräche für Menschen mit Behinderung (auch mit geistiger Behinderung) umsetzen Texte in leichter Sprache übersetzen, langsam und deutlich sprechen & lehren, ggf. durch Gebärdensprache
Selbstbewusstsein fördern (gerade bei Mädchen und Frauen mit Behinderung) Erziehung zum Selbstbewusstsein und zur Gleichstellung in der Jugend, im Alter
Gewalt/Cybermobbing gegen Menschen mit Behinderung herrscht Betroffene ernst nehmen, Verfahren nicht einstellen, ehe Täter gefasst werden
Willkür bei Medikamenten/Hilfsmittelversorgungen bei Krankenkassen (evtl. Ärzten)
Keine Gewinnorientierung im Gesundheitssystem, (in Deutschland ein besseres) Sozialsystem global aufbauen
Feminismus auch als Frau mit Behinderung (er-)leben (können)Keine Diktaturen unterstützen, soziale Geschlechtergerechtigkeit aufbauen (global)
Recht auf Assistenz global ermöglichen/Umsetzung in Deutschland verbessern Schulungen der Assistenz verpflichtend machen, Probearbeiten mit vorherigen Bewerbungen bei Agenturen und Vereinen für Klient*innen aushändigen

Globales Recht auf Sexualauslebung, Sexualitätsbekenntnisse, Sexualerziehung, Sexualassistenz auf Rezept, kostenlosen Zugang zu Verhütungsmitteln gewähren Eltern bzw. Elternteilen u. Gesellschaft einen offenen Umgang durch Fachgespräche und Infomaterial lehren/ Konsenstherapien global verbieten
Recht auf Aus- und Weiterbildung und Chancengleichheit auf dem 1. Arbeitsmarkt Hilfen durch Arbeitsassistenz in Betrieben ermöglichen und verpflichten zur Einstellung von Menschen mit Behinderung
Barrierefreien Zugang zu Internet und Medien gewähren Sprachassistenten auch auf Sprachfehlererkennung programmieren
Recht auf individuelle Lebensformen/Mobilität im Verkehr gewährleisten Bedarfe besser ermitteln in Deutschland, globale Barrierefreiheit in Bau und Verkehr ermöglichen
(Bessere) Pflegereformen Globale Pflegereform einführen, bessere Löhne, mehr Urlaub, (männliche) Personalgewinnung

Bericht über die Problemanalyse und mein Meinungsbild

Einführung 1.2:

Bereits in der 1. Klasse musste ich miterleben, dass das Weltgeschehen selten von machthabenden Politiker*innen sozial vorangetrieben wird. Denn eines der Kinder an unserer Schule war aufgrund einer tödlichen Krankheit und mangelnder medizinischer Versorgung aus Russland nach Deutschland ausgewandert. Es hatte zudem auch eine deutsch-russische Herkunft.

Das Schicksal dieses Menschen berührte mich sehr.

Und so befasste ich mich schon in der Oberstufe mit Politik.

Mein Meinungsbild 1.3

Auf meinem persönlichen Lebensweg erfahre ich häufig aufgrund meines Engagements Diskriminierung, aber nicht innerhalb der eigenen Partei, eher durch den zwingenden Kontakt mit Faschist*innen.

Daher lernte ich schnell, dass Gesetze noch lange nicht umgesetzt sind und ihre Umsetzung dringend global verpflichtend werden muss.

Denn täglich werden Menschen mit Behinderung besonders in ihren Rechten eingeschränkt.

Eine Studie der Website https://www.aerzteblatt.de beschreibt dramatische Zunahmen von Gewalttaten an Menschen mit Behinderung (u. a. durch Corona) in Pflegeeinrichtungen und im häuslichen Umfeld! Zunehmend ist diese auch sexualisiert.

Hierbei wird zunächst den Täter*innen mehr geglaubt als den Opfern!

Viele Menschen mit Behinderung ängstigen sich deshalb vor der Sexualauslebung.

Anderen, die ihre Sexualität gern ausleben würden, wird die Finanzierung von Sexualassistent*innen verwehrt! Auch queeren Menschen mit Behinderung darf dieses Recht durch gleich- oder andersgeschlechtliche Sexualassistent*innen nicht verweigert werden! Hier ist eine globale Finanzierung erforderlich!

In häuslicher Umgebung ist der Tagesablauf von Menschen mit Behinderung von Problemen bestimmt. Und das trifft schockierenderweise auch in Deutschland zu. Denn von dem deutschen Reichtum spüren Pflege und soziale Arbeit kaum etwas.

Selbst wenn die Finanzierung von Wohnplätzen durch Sozialämter übernommen wird, werden alltägliche Probleme nicht behoben.

Denn es herrscht globaler Fachkräftemangel in der Pflege und Betreuung. Zudem ist die Arbeit sehr schwer. Und die Löhne niedrig!

Deshalb sind Pfleger*innen häufig von Burnout oder anderen Krankheiten betroffen.

Um Fachkräfte zu gewinnen, gilt es nicht nur das Fachkräfteeinwanderungsgesetz weiterhin umzusetzen und zu stärken. Nein, auch die Löhne müssen global drastisch angehoben werden! Damit Pflege- und Betreuungsberufe attraktiv(er) werden.

Fachkräfte anderer Herkunft müssen für Pflege- und Betreuungsberufe das Recht auf kostenlose Sprachkurse erhalten und sie sollten meines Erachtens die Jobsuche erleichtert bekommen, indem ihr Abschluss global anerkannt wird, ohne eine etwaige Kenntnisprüfung in Deutschland ablegen zu müssen. Denn ein bürokratieärmeres Deutschland würde für Menschen mit Behinderung und anderer Herkunft weiterhin Barrieren abbauen!

Zudem beginnen die Probleme bei der Umsetzung der Inklusion vermehrt bereits im Kindesalter, in Deutschland und natürlich auch global. Ganz gleich, ob im Kindergarten oder Schulalltag oder im Umgang mit technischen Geräten und Behörden.

Es ist nicht nur die elterliche, sondern auch die gesellschaftliche und politische Pflicht, eine weltoffene Vielfalt zu leben.

Vor allem ebenso die aller Pädagog*innen! Auch müssen Menschen mit Behinderung das Recht auf Bildung und Arbeit mit sozialgerechten Löhnen global gewährt bekommen. Deshalb muss allen Pfleger*innen, Lehrer*innen und Erzieher*innen, die mit rechten Parteien sympathisieren, sofort Berufsverbot erteilt werden!

Zu dieser Erkenntnis würde ein psychologischer Eignungstest beim Bewerbungsgespräch aus meiner Sicht erforderlich sein, natürlich in Absprache mit Arbeitgeber*innen!

Menschen mit Behinderung erleben in ihrem Alltag weltweit Ausgrenzung oder gar Diskriminierungen! Egal, ob im gesellschaftlichen Leben oder im Internet. Um hier die Inklusion voranzubringen, müssen wir meines Erachtens nach Barrieren in Digitalisierung und den Sprachen abbauen. Diese gesellschaftlichen Fortschritte sind u. a. durch die Verwendung von leichter Sprache bis hin zur Sprachfehlererkennung von Menschen mit

Behinderung, die mit schweren Sprachfehlern und bzw. oder mit extrem erhöhtem Muskeltonus leben, zu erreichen!

Ein besonders großes Problem stellen bei der Globalisierung der Behindertenrechte hierfür nicht nur Berührungsängste in der Gesellschaft sowie Corona dar.

Nein, vor allem sind Faschismus und Antifeminismus eine verheerende Verhinderung der globalen Inklusion!

Es mangelt vermehrt bereits schon in vielen Ländern an der Versorgung mit Hilfsmitteln, Medikamenten und entsprechenden Einrichtungen, Assistenz und bzw. oder Pflegedienstleistungen.

Sowie um die Teilhabe am gesellschaftlichen Leben nach Corona ermöglichen zu können.

Das kann nur durch die Abschaffung der Diktaturen wie z. B. in Russland usw. und durch ein weltoffenes globales Gesellschaftsleben erreicht werden.

Ein weiteres Ziel, das ich als einen wichtigen Teil der Inklusionsförderung sehe, ist ein globales Verbot von rechten Parteien.

Auch die Bekämpfung von Cybermobbing und Mobbing im gesellschaftlichen Leben an Kindern und Menschen mit Behinderung ist als ein wichtiger Punkt in der Inklusionsförderung anzugehen.

Wenn Menschen aufgrund einer schwerwiegenden Behinderung, z. B. körperlichen oder geistigen Behinderungen, nicht arbeiten können, darf ihnen das Recht auf Grundsicherung und Tagesförderung global keinesfalls verwehrt werden, sowie das Recht auf Mobilität und medizinische Versorgung.

Denn Rechte von Menschen mit Behinderung sind Menschenrechte, genauso wie Frauenrechte, und sie dürfen Betroffenen nicht verwehrt werden.

Doch bis wir die Inklusion leben können, müssen wir sie gestalten und hart erkämpfen. Denn neu denken heißt: Umdenken, Leben, Grenzen sehen können und sie öffnen! Für jeden Menschen!

Die unsichtbaren Verbrechen

Mein Name ist Kristin Schulze. Ich bin 33 Jahre alt und gelernte Krankenschwester. Aufgrund einer überstandenen Depression, die ich durch stationären Dienst hatte, machte ich eine Umschulung zum*zur Polizist*in. Denn ich wollte weiterhin Gutes tun. Heute arbeite ich als V-Frau-* V-Mann. Das heißt: Ich bin unter einer anderen Identität inkognito bei einer rechtsextremen Partei Mitglied und melde die Straftaten dann auf meinem zuständigen Revier.

Heute musste ich die schockierende Enthüllung machen, dass die Eltern meiner*meinem ehemaligen Bewohner*in Mitglieder in dieser Partei sind. Was soll ich tun? Sie*Ihn warnen und wie?

Der Tag meiner Arbeit als V-Frau bei der Polizei im Bundesland meines Wohnsitzes wurde immer länger und die Arbeit demzufolge immer härter. Ich muss auch ehrlich zugeben, dass ich meine Arbeit nur durch die stetige Einnahme von schmerzlindernder Medizin nicht hätte tätigen können. Weil ich mich immer wieder fragte, ob Faschist*innen eine Seele hätten. Besonders dann, wenn sie mit Morden und Gewalttaten prahlten.

Mir fiel es schwer, den*die überzeugte*n Faschist*in zu inszenieren, wo ich in der Realität die Grünen wählte und sie unterstützte durch Mitarbeit.

Aber niemand schien mich zu durchschauen, zum Glück. Und dann kam der Tag, an dem mir die Überzeugung zu spielen am schwersten fiel. Es war jener, an dem sie Medina Weber aufgrund ihrer Trisomie 21 als nächstes geplantes Opfer bekanntgaben. Sie*er war mein*e ehemalige*r Bewohner*in. Ich musste schnell handeln, aber wie unbemerkt und ohne Geschäftserlaubnis?!

Als ich zu Hause ankam, beschloss ich ohne Erlaubnis der Geschäftsleitung, mich auf den Weg zu Medinas Elternhaus zu begeben. Durch das geöffnete Fenster konnte ich beobachten, wie diese das Opferritual für Medina übten.

Als es mir reichte, schoss ich durch das Fenster auf das Hitler-Porträt zu. Danach ergriff ich sofort die Flucht, um nicht bemerkt zu werden. Zu Hause stellte ich fest, dass ich meine Waffe verloren hatte.

Einige Sekunden saß ich da und überlegte, wie ich meine*n ehemalige*n Bewohner*in Medina Weber und ihre*n aktuelle*n Bezugspfleger*in Petra Pfannenschmidt warnen und vor ihrem eventuellen Schicksal des Mordes an ihrer Person schützen sollte. Natürlich nur auf die sicherste Art und Weise, das verstand sich für meine Person zumindest wie von selbst. Da ich meinen alten Beruf und meinen neuen Beruf über alles liebte, sah ich ein großes Problem im Sachverhalt. Mein*e Chef*in.

Deswegen beschloss ich ihm*ihr zu helfen. Koste es, was es wolle. Mein Entschluss stand fest: Ich konnte und wollte Medina Weber nicht tatenlos zusehend ermorden lassen.

Am nächsten Morgen musste ich in die Direktion. Die Eltern hatten eine Anzeige gegen Unbekannt wegen Sachbeschädigung erstattet. Die Direktion verdächtigte mich und die fehlende Waffe verriet mich. Das führte zur vorläufigen Suspendierung. Ich fragte mich, warum ein Rechtsstaat so ungerecht sein kann?!

Nach einer Woche Suspendierung fühlte ich mich verraten von der Geschäftsleitung. Vor allem war ich wütend, weil das Recht vor dem Unrecht gewinnen sollte. Ich konnte nicht tatenlos Medina ihrem Schicksal überlassen. Deshalb beschloss ich mit Freund*innen, Recherche im Internet zu betreiben. Als ich die elterlichen Lebensläufe las, war mir klar, dass ich handeln musste.

Mein Plan lautete wie folgt: Gemeinsam mit meinen Freund*innen wollte ich eine AG gründen. Und somit die Verbrechen des

Faschismus bundes-, länder-, europa- und weltweit irgendwann aufdecken.

In unserer blinden Wut dachten meine Freund*innen und ich natürlich an Maßnahmen wie Antragstellung an Land, Kommune und Bund und deren erforderliche Genehmigung zur Vereinsgründung des zuständigen Justizministeriums. Wir arbeiteten einfach drauflos.

Die Arbeit an der AG bereitete uns viel Spaß. Sie lief auch sehr gut und wir konnten sogar einige Mitglieder anwerben, um durch ihre Beiträge das Drucken von Flyern und die Beschaffung von Infomaterial und Arbeitsmaterial zu beschaffen. Nur diese ganze Zeit über, während der Arbeit, plagte mich die Angst, etwas nicht richtig durchdacht zu haben.

Als mein*e Kolleg*e*in klingelte, um mich wegen einer weiteren Anzeige auf das Revier zum Verhör mitzunehmen, wusste ich, was der Fehler gewesen war: Ich hatte meine Richtlinienkompetenz überschritten, missachtet und missbraucht, um Gutes zu tun! Wie dumm war ich gewesen?

Tagelang wurde ich von meinen ehemaligen Kolleg*innen verhört. Ich fühlte mich wie ein weggeworfener 1-Euro-Artikel, den keine*r mehr haben wollen würde und das, obwohl ich für meinen Job gebrannt habe und immer nur das Allerbeste für die Opfer und gerechte Strafen für den*die Täter*innen angestrebt hatte. Sie nahmen mir meine Dienstmarke ab und bestellten mich zur Anhörung vor Gericht, wo die*der Richter*innen mich zu zehn Jahren Haft verurteilte. Doch der Gipfel der Entwürdigung des Menschseins war, dass ich mit Medinas Eltern im Gefängnis saß und diese mich nachts im Streit erwürgten.

Wann wird Gerechtigkeit immer re(a)gieren?
Bericht über die Problemanalyse und mein Meinungsbild

Bereits in der 1. Klasse musste ich miterleben, dass das Weltgeschehen selten von machthabenden Politiker*innen sozial vorangetrieben wird. Denn eines der Kinder an unserer Schule war aufgrund einer tödlichen Krankheit und mangelnder, medizinischer Versorgung aus Russland nach Deutschland ausgewandert. Es hatte zudem auch eine deutsch-russische Herkunft. Das Schicksal dieses Menschen berührte mich sehr. Und so befasste ich mich schon in der Oberstufe mit Politik.

Auf meinem persönlichen Lebensweg erfahre ich häufig aufgrund meines Engagements Diskriminierung, aber nicht innerhalb der eigenen Partei. Eher durch den zwingenden Kontakt mit Faschist*innen.
Daher lernte ich schnell, dass Gesetze noch lange nicht umgesetzt und ihre Umsetzung dringend global verpflichtend werden muss.
Denn täglich werden Menschen mit Behinderung besonders in ihren Rechten eingeschränkt.

Eine Studie der Website **https://www.aerzteblatt.de** beschreibt dramatische Zunahmen von Gewalttaten an Menschen mit Behinderung (u. a. durch Corona) in Pflegeeinrichtungen und im häuslichen Umfeld! Zunehmend ist diese auch sexualisiert.
Hierbei wird zunächst den Täter*innen mehr geglaubt als den Opfern!
Viele Menschen mit Behinderung ängstigen sich deshalb vor der Sexualauslebung.
Anderen, die ihre Sexualität gern ausleben würden, wird die Finanzierung von Sexualassist*innen verwehrt! Auch queren Menschen mit Behinderung darf dieses Recht durch gleich- oder andersgeschlechtliche Sexualassist*innen nicht verweigert werden! Hier ist eine globale Finanzierung erforderlich!

In häuslicher Umgebung ist der Tagesablauf von Menschen mit Behinderung von Problemen bestimmt. Und das trifft schockierender Weise auch in Deutschland zu. Denn von den deutschen Reichtum spüren Pflege und soziale Arbeit kaum etwas.

Selbst wenn die Finanzierung von Wohnplätzen durch Sozialämter übernommen wird, werden alltäglichen Probleme nicht behoben.

Denn es herrscht globaler Fachkräftemangel in der Pflege und Betreuung. Zudem ist die Arbeit sehr schwer. Und die Löhne niedrig!

Deshalb sind Pfleger*innen häufig von Burnout oder anderen Krankheiten betroffen.

Um Fachkräfte zu gewinnen gilt es nicht nur das Fachkräfteeinwanderungsgesetz weiterhin umzusetzen und zu stärken. Nein, auch die Löhne müssen global drastisch angehoben werden! Damit Pflege- und Betreuungsberufe attraktiv(er) werden.

Fachkräfte anderer Herkunft müssen für Pflege- und Beteuungsberufe das Recht auf kostenlose Sprachkurse erhalten und sie sollten meines Erachtens die Jobsuche erleichtert bekommen, in dem ihr Abschluss global anerkannt wird. Ohne eine etwaige Kenntnisprüfung in Deutschland ablegen zu müssen. Denn ein Bürokratie ärmeres Deutschland würde für Menschen mit Behinderung und anderer Herkunft weiterhin Barrieren abbauen!

Zudem beginnen die Probleme bei der Umsetzung der Inklusion vermehrt bereits im Kindesalter, in Deutschland und natürlich auch global. Ganz gleich, ob im Kindergarten oder Schulalltag. Oder im Umgang mit technischen Geräten und Behörden.

Es ist nicht nur die elterliche, sondern auch die gesellschaftliche und politische Pflicht eine weltoffene Vielfalt zu leben.

Vor allem ebenso die aller Pädagog*innen! Auch müssen Menschen mit Behinderung das Recht auf Bildung und Arbeit mit sozialgerechten Löhnen global gewährt bekommen. Deshalb muss allen Pfleger*innen, Lehrer*innen und Erzieher*innen, die mit rechten Parteien sympathisieren, sofort Berufsverbot erteilt werden!

Zu dieser Erkenntnis würde ein psychologischer Eignungstest beim Bewerbungsgespräch, aus meiner Sicht erforderlich sein, natürlich in Absprache mit Arbeitgeber*innen!

Menschen mit Behinderung erleben in ihrem Alltag weltweit Ausgrenzung oder gar Diskriminierungen! Egal, ob im gesellschaftlichen Leben oder im Internet. Um hier die Inklusion voranzubringen, müssen wir meines Erachtens nach Barrieren in Digitalisierung und den Sprachen abbauen. Diese gesellschaftlichen Fortschritte sind u. a. durch die Verwendung von leichter Sprache und bis hin zur Sprachfehlererkennung von Menschen mit Behinderung, die mit schweren Sprachfehlern und bzw. oder mit erhöhten Muskeltones leben, erreichen!

Ein besonders großes Problem stellen bei der Globalisierung der Behindertenrechte hierfür nicht nur Berührungsängste in der Gesellschaft, sowie Corona dar.

Nein, vor allem sind Faschismus und Antifeminismus eine verheerende Verhinderung der globalen Inklusion!

Es mangelt vermehrt schon in vielen Ländern, an der Versorgung durch Hilfsmittel, Medikamenten und entsprechenden Einrichtungen, Assistenz und bzw. oder Pflegedienstleistungen.

Sowie um die Teilhabe am gesellschaftlichen Leben nach Corona ermöglichen zu können.

Das kann nur durch die Abschaffung der Diktaturen wie z. B. in Russland usw. und durch ein weltoffenes globales Gesellschaftsleben erreicht werden.

Ein weiteres Ziel, dass ich als einen wichtigen Teil der Inklusionsförderung sehe, ist ein globales Verbot von rechten Parteien.

Auch die Bekämpfung von Cybermobbing und Mobbing im gesellschaftlichen Leben an Kindern und Menschen mit Behinderung ist als ein wichtiger Punkt in der Inklusionsförderung anzugehen.

Wenn Menschen aufgrund einer schwerwiegenden Behinderung z. B. körperlichen oder geistigen Behinderungen nicht arbeiten

können, darf ihnen das Recht auf Grundsicherung und Tagesförderung global keinesfalls verwehrt werden, sowie das Recht
auf Mobilität und medizinische Versorgung.

Denn Rechte von Menschen mit Behinderung sind Menschenrechte. Genauso wie Frauenrechte und sie dürfen Betroffenen nicht verwehrt werden.

Doch bis wir die Inklusion leben können, müssen wir sie gestalten und hart erkämpfen. Denn neu denken heißt: Umdenken, leben, Grenzen sehen können und sie öffnen! Für jeden Menschen!

Warum sich das Kommunistische Manifest nicht in der Gesellschaft durchsetzen kann.

In Vorbereitung auf die Hausarbeit über die soziologischen Idealbilder beschäftigte ich mich mit dem Kommunismus und seinen Vorstellungen von einer klassenlosen Gesellschaft. Was halten Sie von einer klassenlosen Gesellschaft? In der jeder Mensch
dieselben Chancen hat? Ganz gleich, welche ethnische Herkunft,
Bildung, Arbeit, sexuelle Orientierung, welches Einkommen er
hat? Richtig, es ist der Traum von Menschen, die im Laufe ihrer
Kindheit von ihren Eltern, Verwandten und deren Freunden sozialisiert wurden. Und sie später sozialen Bewegungen oder politischen Parteien zu engagieren? Doch welche sozialen Gruppen sind benachteiligt und welche nicht? In dieser Hausarbeit
möchte ich Ihnen meine Thesen näherbringen.

Meine These zum Thema Klassengesellschaft, ihrer Entstehung und warum sie leider immerwährend bestehen wird

Die Hindernisse der Entstehung der klassenlosen Gesellschaft
bestehen aus meiner Sicht aus folgenden Gründen: Sie beginnen meines Erachtens nach durch geringe Bildungsförderung

im frühkindlichen und im schulkindlichen Alter. Ich habe mich dazu entschieden, Ihnen meinen Standpunkt und meinen Lösungsansatz vorzustellen. Anhand eines ehemaligen Schülers. Dieser besuchte aufgrund einer Erkrankung ein Förderzentrum. Der wurde ihm aufgrund der Erkrankung sehr erschwert. Der Schulalltag wird ihm sehr erschwert. Da er viel Zeit benötigte, Texte von der Tafel abzuschreiben, kam er in den Lernförderbereich des Förderzentrums. Dort blieb er bis zum Schulabschluss. Doch auch nach dem Abschluss stand sein soziales Umfeld vor weiteren schweren Problemen. Denn auch wenn er sehr intelligent war, war er nicht in der Lage, eine Ausbildung zu absolvieren oder einer Arbeit nachzugehen. Aufgrund der Erkrankung besuchte er einen Förder- und Betreuungsbereich. Welcher sich aber überwiegend auf die Förderung von erwachsenen Menschen einmal auf ein Eingangsverfahren und einen Berufsbildungsbereich für Menschen mit Behinderung. Da er keinen wirtschaftlichen Nutzen erbringen kann.

In einem anderen Beispiel handelt es sich um eine Rentnerin, die ihr Kind im häuslichen Umfeld pflegt. Obwohl sie ihr Kind 365 Tage im Jahr Arbeitszeit von der Rentenversicherung nicht angerechnet. Vor ihrem Renteneintritt vermittelte die Bundesagentur für Arbeit die Dame immer wieder in Jobs mit einer geringfügigen Position. Aufgrund der Jobvermittlungen der Bundesagentur für Arbeit bekommt sie eine winzige Rente, die nicht zum Leben oder Sterben reicht. Ein Recht auf Grundsicherung hat die Dame ebenfalls nicht. Denn der Betrag ihrer Rente 1,-€ über den Regelbedarf ist.

Im dritten und letzten Beispiel handelt es sich um eine Frau in den Zwanzigern, die aufgrund eines mittelmäßigen Schulabschlusses einen Ausbildungsplatz sucht und das vergeblich. Alle IT-Firmen und Unternehmen, bei denen sie sich beworben hatte, lehnten sie ab.

Wie Sie alle wissen, herrscht globaler Fachkräftemangel, vor allem in der Pflege und der Assistenz. Deshalb muss die Dame auf

Forderung der Bundesagentur für Arbeit eine Umschulung zur Pflegefachfrau/Mann absolvieren. Die Dame hat Berührungsangst gegenüber Menschen mit Behinderung, da ihr der Kontakt zu Menschen mit Behinderung und auch die Erfahrungen mit der Pflege und der Versorgung von Menschen mit Behinderung fehlen.

Aus Angst vor der Umschulung verfiel die Dame in eine Depression. Heute ist sie in psychologischer Behandlung.

Derzeit ist sie im Bewerbertraining. Das Bewerbertraining blieb bisher leider erfolglos für sie. Also muss sie ALG-II-Leistungen beziehen.

Meine Ideen und Lösungsvorschläge zur Erschaffung und Erhaltung einer klassenlosen Gesellschaft Warum hat sich das Kommunistische Manifest sich nicht in der Gesellschaft durchsetzen kann

In Vorbereitung auf die Hausarbeit über die soziologischen Idealbilder beschäftigte ich mich mit dem Kommunismus. Seinen Vorstellungen von einer klassenlosen Gesellschaft. Was halten Sie von einer klassenlosen Gesellschaft? In der jeder Mensch dieselben Chancen hat? Ganz gleich welche ethnische Herkunft, Bildung, Arbeit, sexuelle Orientierung, Einkommen er hat? Richtig, es ist der Traum von Menschen, die im Laufe ihrer Kindheit von ihren Eltern, Verwandten und deren Freunden sozialisiert wurden? Und sie später sozialen Bewegungen oder politischen Parteien zu engagieren? Doch welche soziale Gruppen sind benachteiligt und welche nicht? In dieser Hausarbeit möchte ich Ihnen meine Thesen näher bringen.

Die Hindernisse der Entstehung der klassenlosen Gesellschaft besteht aus meiner Sicht ausfolgenden Gründen: Sie beginnen meines Erachtens nach durch geringe Bildungsförderung im frühkindlichen und im schulkindlichen Alter.

Ich habe mich dazu entschieden, Ihnen meinen Standpunkt und meinen Lösungsansatz zu vorstellen. Anhand eines ehemaligen Schülers. Dieser besuchte aufgrund einer Erkrankung ein Förderzentrum. Der wurde ihm aufgrund der Erkrankung sehr erschwert. Der Schulalltag wird ihm sehr erschwert. Da er viel Zeit benötigte, Texte von der Tafel abzuschreiben, kam er in den Lernförderbereich des Förderzentrums. Dort blieb er bis zum Schulabschluss. Doch auch nach dem Abschluss stand sein soziales Umfeld vor weiteren schweren Problemen. Denn auch wenn er sehr intelligent ist, ist er nicht in der Lage eine Ausbildung zu absolvieren, oder einer Arbeit nachzugehen. Aufgrund der Erkrankung besucht er einen Förder- und Betreuungsbereich. Welcher sich aber überwiegend auf die Förderung von erwachsenen Menschen einmal auf ein Eingangsverfahren und einen Berufsbildungsbereich für Menschen mit Behinderung. Da er keinen wirtschaftlichen Nutzen erbringen kann.

In einem anderen Beispiel handelt es sich um eine Rentnerin, die ihr Kind im häuslichen Umfeld pflegt. Obwohl sie ihr Kind 365 Tage im Jahr Arbeitszeit von der Rentenversicherung nicht angerechnet. Vor ihrem Renteneintritt vermittelte die Bundesagentur für Arbeit die Dame immer wieder in Jobs mit einer geringfügigen Position. Aufgrund der Jobvermittlungen der Bundes Agentur für Arbeit bekommt sie eine winzige Rente, die nicht zum Leben oder Sterben reicht. Ein Recht auf Grundsicherung hat die Dame ebenfalls nicht. Denn der Betrag ihrer Rente 1,-€ über den Regelbedarf ist.

Im Dritten und Letzten Beispiel handelt es sich um eine Frau in den Zwanziger, die aufgrund eines mittelmäßigen Schulabschluss einen Ausbildungsplatz sucht und das vergeblich. Alle IT Firmen und Unternehmen bei denen sie sich beworben hat lehnten sie ab.
Wie Sie alle wissen, herrscht globaler Fachkräftemangel. Vor allem in der Pflege und der Assistenz. Deshalb muss die Dame auf Forderung der Bundesagentur für Arbeit eine Umschulung zur Pflegefachfrau/Mann absolvieren. Die Dame hat Berüh-

rungsangst gegenüber Menschen mit Behinderung. Da ihr der Kontakt zu Menschen mit Behinderung und auch die Erfahrungen mit der Pflege und der Versorgung von Menschen mit Behinderung fehlt.

Aus Angst vor der Umschulung, verfiel die Dame in eine Depression Heute ist sie in psychologischer Behandlung:

Derzeit ist sie im Bewerbertraining. Das Bewerbertraining blieb bisher leider erfolglos für sie. Also muss sie ALG-II-Leistungen beziehen.

Lösungsvorschläge in tabellarischer Form:

Probleme	Lösungen
Steigende Fixkosten/Lebenshaltungskosten	*Kosten senken, Steuererhöhung für Reiche*
Wohnungsbau beschleunigen	Mietpreise senken
Sozialbewegungen fördern, Mitglieder anwerben	Zugang zu Fördermitteln erleichtern
Wahlen für Stimmberechtigte erleichtern, Demokratie fördern	Wahlprogramme in Leichter Sprache drucken, Wahlrecht ab 16 Jahren durchsetzen
Links- und Rechtsextremismus schwächen	Aufklärungs- und Erinnerungsarbeit, Verfassungsschutz stärken
Gruppenzwang und Vorurteile bekämpfen	Diversität und Gleichstellung durch Förderprogramme, öffentliche Aufklärung stärken

Vollmachts-Missbrauch – was Opfer tun können?!

Mein Name ist Jürgen Baumann, ich bin 53 Jahre alt und Anwalt für Sozialrecht mit eigener Kanzlei. Meine Ehefrau Britta ist 40 Jahre alt, Rollstuhlfahrer*in und Mitarbeiterin in einer Werkstatt für Menschen mit Behinderung in der Abteilung

Bürobereich. Ich bin Ihr*e Bevollmächtigte*r für Finanz- und Wohnangelegenheiten, Vertretung bei Behörden und für die Gesundheitsvorsorge. Das Geilste daran ist: Britta hat von allen Staats- und Rechtsangelegenheiten keine Ahnung und ist mir hörig. Das nutze ich schamlos aus. Das Dumme war nur, dass ich das einen*r Freund*in von ihr, die*der Neurologe*in ist, im betrunkenen Zustand erzählt habe. Eigentlich war das Feiern sehr schön gewesen. Wenn ich Trottel Ihre*m*r Freund*in nicht die Wahrheit erzählt hätte, dass ich auf Kosten von Brittas Grundsicherung einen Kreditvertrag zur Rettung meiner Kanzlei bei unserer Bank vereinbart habe. Da es um die Stabilität und Erhaltung der Kanzlei nicht gutsteht. Jetzt galt nur eins: Ich musste einen Streit zwischen den beiden entfachen, damit Britta die Wahrheit nicht erfahren würde. Deshalb verbreitete ich Lügen über Ihre*m Freund*in und organisierte ein Candle Light Dinner, gefolgt von anschließender Zweisamkeit zum Trost für Britta. Alles schien nach Plan zu verlaufen. Doch es schien nicht alles immer so nach Plan zu verlaufen, wie ich es mir gewünscht hätte. Denn leider stand Corinna, ihr*e Freund*in, vor unserer Haustür und wollte sie sprechen. Zu meinem Verdruss willigte Britta ein. Sie gingen in die Stadt zum Eis essen und zum Reden. Unbemerkt folgte ich Ihnen – um das Gespräch zu filmen und etwas gegen Corinna verwenden zu können. Mir gelang es tatsächlich, die beiden heimlich aufzunehmen. Während ich mich in einen Busch hockte, konnte ich jedes Wort hören, filmen und mich unbemerkt lassen. Was ich hörte, schlug dem Fass sprichwörtlich den Boden aus. Diese … Corinna verpfiff mich bei Britta vom Feinsten. Und sie beschlossen, gegen mich vorzugehen. Das wollte ich auch gegen sie. Aber da hatte ich noch keine Ahnung, wie schlau und kreativ Frauen in Konfliktlösungen sein können und sind. Als ich nach Hause kam, wollte ich genüsslich bei einem Glas Rotwein meinen gefilmten Erfolg bewundern. Denn ich war mir sicher, dass ich allein im Haus wäre. Ich hatte ja keinerlei Ahnung davon, dass die beiden Frauen sich im obersten Stockwerk des Hauses aufhielten und einen Beautytag machten, um mich über das Babyphone zu belauschen. Ich hatte

Britta niemals wirklich von ganzem Herzen geliebt und sie immer für den*die kleine dumme*n Rollstuhlfahrer*in gehalten, der*die mir hörig war. Aber ich hatte niemals an Corinnas Hilfe gedacht und sie unterschätzt. Sie stahl den Film, als ich schlief. Später sollte ich erfahren, warum sie das getan hatte, und unter den Konsequenzen leiden. Aber dazu berichte ich morgen. Einige Wochen nach dem Diebstahl wurde ich von der*dem Notar*in vorgeladen, die*der mich bevollmächtigt hatte und als Erb*in im Testament von Britta eingetragen hatte. Beunruhigenderweise wollte sie vorwiegend mit Britta und Corinna sprechen. Was hatte das für mich zu verheißen? Es kam noch schlimmer, als ich hätte erahnen können. Denn der*die Notar*in wollte nicht einfach so, wie ich es mir gedacht und gewünscht hätte, mit mir über Brittas Vorsorgemaßnahmen sprechen. Nein, Britta hatte Corinna alles anhand des Videos geglaubt und sich sie als Bevollmächtigte*r gewünscht. Und Britta hatte gemeinsam mit Corinna das Scheidungsverfahren beantragt. Wenige Wochen später musste ich vor Gericht. Dieses entschied wie folgt: Corinna bekam die Vorsorge, die Scheidung wurde rechtskräftig. Ich musste die Kanzlei schließen und Britta das Geld, mit dem ich ihr Konto überzogen hatte, zurückzahlen. Was aus den beiden wurde, weiß ich nicht und will ich nicht wissen.

Antifeminismus in der Sprache

„Hey F***, brüllt Kassem mich an. Kassem ist mein Mitschüler*in und kommt aus der Türkei. Obwohl wir nahezu dasselbe Schicksal erlitten haben, hasst er mich wie die Pest. Ich, das ist Valentina Melnik, 14 Jahre, gebürtige*r Ukrainer*in mit Behinderung. Kassem hasst Ukrainer*innen. Er*sie war der Meinung, dass Putin uns zu Recht angegriffen habe, weil vor allem wir Frauen Ungeziefer seien und zu rein gar nichts, außer zum Putzen und Kochen, zu gebrauchen sein. Und ich würde erschossen gehören. Das sagte er immer wieder, fast täglich. Da ich im

Rollstuhl keine hauswirtschaftlichen Tätigkeiten verrichten kann und hätte Kassem nicht selbst im Rollstuhl gesessen, so hätte ich sehr große Angst vor ihm gehabt. Davor, dass er mich schlagen oder gar töten könnte.

Auch wenn ich noch so viel Angst hatte vor dem, was Kassem mir antun würde, wenn er es rausfinden würde, dass ich mir Hilfe suchte, beschloss ich unserer*m Lehrer*in von dem Mobbing in Kenntnis zu setzen. Und ich fand heraus, was Kassem war: nämlich ein*e Antifeminist*in. Wie ich damit umgehen muss, lehrte mich mein*e Lehrer*in in den nächsten Wochen. Ich werde Ihnen davon Bericht erstatten.

Mein*e Lehrer*in gab sich sehr große Mühe, mich zu einem selbstbewussten Menschen zu formen, indem sie von Montag bis Freitag nach dem regulären Unterricht Kassem spielte und mich beleidigte. Anfangs fiel mir das sehr schwer. Sie*er brachte mich zum Weinen in der Rolle von Kassem.

Aber sie*er meinte, dass es völlig legitim sei, nach Beleidigungen weinen zu müssen.

Und dass jede*r auch nur solange weinen müsse, bis das Selbstbewusstsein der*desjenigen stark und geprägt genug sein würde, um die Beleidigungen an sich abprallen zu lassen.

Und ich war mir sicher, dass ich mithilfe meines*r Lehrer*in eines Tages in der Lage sein würde, Kassem die Stirn zu bieten, indem ich ihn*sie und andere Widersacher*innen, die in meinem Leben noch auf mich warten sollten, ignorierte. Mein*e Lehrer*in meinte, dass das Ignorieren mitunter der beste Weg sein würde. Und dass ich somit irgendwann in Zukunft auch imstande sein können würde, mit anderen Feminist*innen gegen Antifeminismus zu kämpfen. Mit Willen schafft jede*r alles. Oder etwa nicht?

Wie befürchtet, hat Kassem, der ja nun bekanntlicherweise mein*e Erzfeind*in ist, von dem Unterricht nach der regulären Unterrichtszeit Wind bekommen. Oder wie jede*r das auch immer hier in Deutschland sagen kann. Nun fühlte er*sie sich in ihrer*seiner Autorität gegenüber meiner Person, welche sie*er natürlich eigentlich gar nicht besessen hatte oder besitzt und es dank des Selbstbewusstseinstrainings hoffentlich nie sein wird, gekränkt. Und auch wenn ich schon etwas besser Kontra geben konnte, spürte er*sie natürlich immer noch, dass ich Angst vor ihr*ihm hatte. Das ärgerte mich und spornte mich an, mich im Unterricht zu bessern. Aber eines Tages passierte es: Kassem fuhr meinen Rollstuhl an und der Aktivrollstuhl fiel um.

Als ich wieder aufwachte, war ich müde und mir war kalt. Es dauerte eine Weile, bis ich zu mir kam. Und natürlich somit auch, bis ich realisierte, wo ich mich befand. Ich muss wohl so schwere körperliche Beeinträchtigungen durch den Unfall aufgrund von Kassems gewaltvollem Angriff auf meine Person erlitten haben, dass es mir schwerfiel, mich zu orientieren. Und mein ganzes Gesicht schmerzte, als habe jemand auf ihm eine Zigarette ausgebrannt.

Doch endlich kam jemand vom Ärzteteam, um sich nach meinem Befinden zu erkundigen. Doch das Problem war, dass sie*er und ich uns nicht verständigen konnten. Ich spreche schlechtes Deutsch und sie*er meine Muttersprache nicht und zum Schreiben schmerzten meine Arme und Augen zu sehr! Was kann jede*r da schon tun, wenn kein*e Dolmetscher*innen in Krankenhäusern oder sonstigen Einrichtungen für Menschen mit Migrationshintergrund beschäftigt werden?

Wie erwartet werden die Verständigungsprobleme zwischen dem Krankenhauspersonal und mir weder weniger noch besser. Und ich weiß diesbezüglich natürlich in meiner Lage auch keinerlei Ausweg.

Nicht zuletzt, weil mein*e Erziehungsberechtigte*r ein*e Ukrainer*in ist, die*der über keinerlei Kenntnisse der deutschen Sprache verfügt und vor Angst weint, wenn sie*er Post von Ämtern erhält. Da tat sie*er mir von ganzem Herzen leid. Und so schwer es mir auch fällt, begreife ich immer mehr, dass es nur in meiner alleinigen Macht obliegt, mir selbst in Krisensituationen zu helfen und auch aus ihnen herauszukommen. In diesem Moment war mir klar, dass ich erwachsen werden und eine

Freundschaft zu einer Person mit deutscher Staatsbürgerschaft schließen muss. Aber wie?

Ich grüble und grüble darüber, wie es mir gelingen könnte, in Deutschland Freunde zu gewinnen und, im besten Fall, die Freundschaft(en) aufrechtzuerhalten, um nicht immer als die*der ukrainische, geflüchtete Außenseiter*in gewertet zu werden. Aber so richtig sollte mir nach einigen Minuten des Überlegens auch leider gar nichts einfallen. Doch je länger ich überlegte, was ich hätte unternehmen können, um die Situation bezugnehmend auf die soziale Erwünschtheit meiner Person in der Schule und außerhalb des Klassenzimmers in Bezug auf die Freiheit gedacht, wurde mir klar, dass es im Moment nur eine Person in meiner aktuellen Lebenssituation gab oder beziehungsweise geben konnte und wird, die*der mir aus meiner persönlichen Krise der sozialen Unerwünschtheit heraushelfen können würde. Diese natürliche Person war niemand anderes als: mein*e Lehrer*in des Antidiskriminierungstrainings und der Klasse, die ich besuchte. Angespannt rief ich im Sekretariat meiner Schule, wo ich als Schüler*in gemeldet war, an. Doch es war besetzt. Ungeduldig wartete ich auf einen Rückruf von meiner Schule.

Nach tagelangen Versuchen mit einem Anruf im Sekretariat der Schule gelang es mir endlich, jemanden zu erreichen, der mich mit der*dem Direktor*in verbinden konnte. Diese*r Direktor*in erlaubte es mir, dass ich mit meiner*m Lehrer*in ins Gespräch kommen darf. Und sie*er empfahl mir diese Handlung sogar. Nein, das ist nicht ganz korrekt ausformuliert worden von meiner Person. Denn ich wurde endlich einmal gelobt.

Das war mein allererstes Lob, seitdem ich nach Deutschland mit meiner*m Erziehungsberechtigten geflohen war. Und die Anerkennung tat meiner Seele, meinem Geist und meinem Körper sehr gut.

Auch schenkte das Lob mir Hoffnung, dass alles gut werden konnte. Wenn wir Menschen nur hart genug dafür kämpfen und daran arbeiten, dass alles Leid im Leben ein einigermaßen positives Ende erleben kann.

Sie wollen sicher wissen, was für ein Ergebnis beim Gespräch mit meinem*r Lehrer*in herausgekommen ist! Etwas sehr Positives für mich: Sie*er kam zum Hausbesuch zu uns. Da ich morgen schon aus dem Krankenhaus entlassen werden kann. Das hat sie*er mitgeteilt, weil sie*er mit den Ärzt*innen gesprochen hatte via Anruf.

Zu Hause angekommen, rückte der Tag des Besuches von meinem*r Lehrer*in immer näher. Ich freute mich sehr auf den Besuch. Und ich war sehr gespannt, was sie*er mir raten würde, dass ich tun kann, um Freund*innen zu finden und zu behalten. Sie*er riet mir Folgendes:

Nämlich, dass ich eine Selbsthilfegruppe für Menschen mit Migrationshintergrund besuch solle. Und sie*er hatte sogar schon ein Anmeldeformular für mich dabei. Beim Ausfüllen und Einsenden des Formulars war sie*er mir und Vati sogar behilflich: Das fand ich richtig nett von ihr*ihm. Und ich freute mich schon sehr darauf, neue Leute kennen zu lernen.

Der Tag des ersten Treffens der Selbsthilfegruppe war gekommen. Und ich war mächtig aufgeregt. Ich hatte mein bestes Kleid angezogen. Mein Vati hatte mir das Kleid gekauft, in Deutschland bei C&A. Ich mochte Shopping sehr. Und jede*r konnte in Deutschland besser shoppen als bei uns zu Hause. Das war mit Sicherheit schon vor dem Krieg so gewesen, und seit die Russen in meine Heimatstadt Kiew einmarschiert sind, gab es bei uns nur Not und keine Infrastruktur. Das Shopping gelingt in Deutschland besser. Aber leider bezog mein Vati, da sie*er die Deutschen beinahe kaum verstand und deswegen arbeitslos war, Arbeitslosengeld II. Der Regelsatz reichte gerade aus, um Fix- und Lebenshaltungskosten zu decken. Nicht nur deswegen beängstigte mich die Vorstellung, in Deutschland bleiben zu müssen. Es ist so, dass ich auch in Kiew aufgrund des Homeschoolings durch Vati, der*die Lehrer*in ist, unterrichtet wurde und keine Freund*innen haben durfte, weil bei uns zu Hause kaum kommunales Budget für Barrierefreiheit zur Verfügung stand und ich nicht wegen der Treppen auf eine Schule gehen durfte. Aber die Selbsthilfegruppe machte Spaß und ich konnte schon mit einem Mädchen sprechen. Allerdings ist sie Russ*in und auch mobilitätseingeschränkt. Was würde Papa nur zu Olga sagen? Ich hatte Angst, mit dem Fahrdienst nach Hause zu fahren, wegen Papas Reaktion.

Sie fragen sich vielleicht, woher ich das viele Geld für einen Fahrdienst in der Freizeit aufbringen konnte? Aber das ist ein Irrtum Ihrerseits. Für den Fahrdienst und die Assistenz kommen sowohl die Krankenkasse, bei der mein Vater und ich familienversichert waren, als auch das Amt für Soziales und Gesundheit der Stadt auf, in der wir zurzeit wohnten.

Mein*e Lehrer*in fand das Verhalten meines Vaters nicht nur rechtswidrig gegenüber dem Sorgerecht. Nein, sie*er rief sogar einen Krankenwagen, der mich zur Untersuchung in einem Krankenhaus unterbrachte. Zur Sicherheit, weil ich durch mein Geschlecht, meine Behinderung und meine Herkunft als schutzbefohlen vor häuslicher, öffentlicher sowie sexualisierter Gewalt in Deutschland galt. Ich hatte sie*ihn nach dem körperlichen Übergriff auf meine Person aus Angst vor Wiederholungstat durch meinen Vater heimlich angerufen. Daraufhin informierte er*sie mein*e gesetzliche*n Berufsbetreuer*in, die*der sich um finanzielle Angelegenheiten, meine Gesundheitsvorsorge und mein Aufenthaltsrecht/Wohnangelegenheiten und die Vertretung gegenüber Behörden kümmerte. Diese*r zeigte meinen Vater durch die Polizei an. Wie es Vater ging, wusste ich nicht, da ich jetzt glücklich gemeinsam mit Olga in einer WG für Menschen mit Behinderung und Assistenz lebte. Meine Zensuren haben sich von vier auf zwei im Notendurchschnitt verbessert, seitdem Kassem der Schule verwiesen wurde. Manchmal heißt es in Deutschland auch sogar für Menschen mit Behinderung und Migrationshintergrund: Ende gut, alles gut, aber leider nur selten!

Ist Behinderung in Medien ein Tabuthema?
Wie kann man dies brechen?

In dieser Facharbeit widme ich mich dem Thema der Diversität im Internet. Natürlich bietet das Internet auch für viele Menschen mit Behinderung die Umsetzung vom Knüpfen sozialer Kontakte und die Förderung von Bildung. Jedoch spricht das Internet nur eine bestimmte Zielgruppe von Menschen mit Behinderung an, nämlich die Menschen mit einer körperlichen Behinderung. Für einen Menschen mit einer geistigen Behinderung ist das Internet wie ein Dschungel, da es zu wenige Websites in Leichter Sprache gibt. Weder Wikipedia noch Google oder andere Suchmaschinen und/oder Lexika sind in Leichter Sprache großflächig für betroffene Nutzer*innen mit geistiger Behinderung verfügbar. Das stimmt mich wütend ... und ich möchte es unbedingt ändern, indem wir uns in der Medienpolitik mit den Büros für Leichte Sprache in Verbindung setzen, Inhalte von Webseiten in Leichte Sprache übersetzen und diese am Verständnis betroffener Nutzer*innen testen und anwenden. Daran möchte ich mit Ihnen und Menschen mit geistiger Behinderung als Proband*innen arbeiten, für eine passgenaue und inklusive Digitalisierung.

Deshalb habe ich mich hierbei wieder für ein kurzes fiktives, aber dennoch präzises und realitätsnahes Fallbeispiel entschieden. Die kleine Kerstin ist 12 Jahre alt und hat einen für uns zu den alltäglichen Tätigkeiten gehörenden Traum.

Kerstin möchte online aktiv werden, um mit ihren Freund*innen besser vernetzt zu bleiben. Und Sie fragen sich: Warum tut Kerstin das nicht einfach? Die Antwort ist ganz einfach. Sie kann ihren Traum nicht verwirklichen, da sie nicht lesen und schreiben kann. Denn Kerstin lebt mit einer geistigen Behinderung. Und Kerstin kann nur sprechen.

Um Kerstin die Nutzung des Internets zu ermöglichen, können wir kindgerechtes Bildmaterial und Sprachausgaben verwenden, für Bildung, Shopping, Datenschutzgrundverordnung,

Nutzungsbedingungen, Chats. Damit alle Menschen wenigstens digital Chancengleichheit erleben, wenn sie es schon nicht leider analog tun können. Deshalb möchte und werde ich gemeinsam mit Ihnen an einem Internet arbeiten, welches jede*r verstehen und nutzen kann, durch den Schutz einer einzuführenden Cyber-Polizei.

War das Mittelalter auch eine Zeit der Menschenverachtung in der deutschen Politik wie der Zweite Weltkrieg? Oder der Vorbote in einer Form der Direkten Demokratie? Eine Meinungsanalyse

Ich befasse mich in dieser Facharbeit mit einem sehr dunklen Zeitalter. Es war nicht nur für Deutschland dunkel, sondern auch global gesehen das finsterste Zeitalter unserer Zeitgeschichte. Die Rede ist vom Mittelalter. Da ich in meiner Jugend ein*e sehr große*r Verehrer*in des Handelns und Wirkens Martin Luthers war und heute noch teilweise bin, habe ich mich dazu entschlossen, den Fokus meiner diesmaligen Analyse auf die mittelalterliche Kirchenpolitik und die mittelalterliche Kirchenstruktur zu lenken. Nicht zuletzt, um im Rahmen der Facharbeit den großen Niederlagen und Erfolgen Martin Luthers Tribut zu zollen. Denn meine persönliche Meinung ist, dass Martin Luther einer der größten Helden seiner Zeit darstellte und er ist noch einer der besten Helden seiner Zeit. Nicht nur, weil er im Kampf gegen Papst Leo X Erzbischof Albrecht von Mainz und vor allem Johann Tetzel und Kaiser Karl V zugunsten der Reformation gewonnen hat. Oder weil er einfach ein mutiger Doktor der Theologie war.

Auch und gerade deshalb, weil Martin Luther mit für damalige Zeiten herausragendem Wissen Mut zur Veränderung und Liebe bewiesen hatte. Denn Martin Luther war nicht nur ein*e mutige*r Reformator*in. Ich bewundere zugleich auch seinen

Mut, das Mönchsgelöbnis der Keuschheit zu brechen, um die Nonne Katharina von Bora zu ehelichen.

Ich finde, Liebe und globale Bewegungen sollten wir nicht trennen. Denn Liebe und Solidarität und Humanismus sind meines Erachtens nicht nur die Grundwerte einer guten Sozialpolitik und gerechten Gesellschaftsformation.

Diese von meiner Person eben erwähnten Grundwerte sind für meine persönlichen Begriffe, die politische Fortschritte und Geschichte wirklich bewegen und in ihrer politischen Geschichte bewegen. Den Ersten und Zweiten Weltkrieg sowie alle Revolutionen, Volksaufstände und Bürgerkriege sehe ich für meine persönliche Einschätzung eher als eine der höchsten Alarmstufen für amtierende*r Politiker*innen und Engagierte jedweder sozialen Bewegungen. Denn es ist unsere Aufgabe, dafür zu sorgen, dass kein weiterer Krieg zwischen ehe schon massiv Kriegsregionen gefährdet sind. Beziehungsweise müssen wir Demokrat*innen es strategisch, stolz und solidarisch zu verhindern wissen, dass sich verbale Glaubenskriege ausweiten und in Morden, Völkermorden oder im schlimmsten Fall im Dritten Weltkrieg durch blutige Gegenglaubensbekenntnisse enden. Das kann und darf nicht unser Ziel sein. Deshalb plädiere ich darauf, eine Ernennung der Säkularisierung zum Pflichtunterrichtsfach an allen Schulformen und Bildungseinrichtungen europaweit durchzusetzen, um Vorurteile und heranwachsende Intoleranz abzuwenden. Denn alle bedeutenden Prediger*innen der Weltreligionen hätten sich gewünscht, dass der Glaubensvertreter*innen, die/den sie predigten, zum Weltfrieden gereicht hätte, damit Solidarität und Gerechtigkeit an gesellschaftlichem Wachstum hätte gewinnen können. Doch leider schwanden im Laufe der Geschichte die Grundgedanken und Grundwerte der Götter und ihrer Religionen aus den Köpfen der Menschheit. Denn verschiedenste amtierende*r Präsident*innen aus etlichen Kontinenten missbrauchen die Predigten ihrer Glaubensrichtungen und der globalen Zeitgeschichte, um ihre demografische, wirtschaftliche, kulturelle, sozialpolitische Macht bis ins Unermessliche auszuweiten. Sie wollen die

Weltordnung im faschistischen Gedanken neu gestalten, soziale Gruppen ausgrenzen, welche nicht in ihr sogenanntes „kirchliches" Weltbild passen, zu politisch Verfolgten oder gar zu politischen Gefangenen erklären, um sie dann uneingeschränkt vergewaltigen, foltern zu können und im Anschluss sogar hinrichten zu können, ganz gleich, ob sie ein Verbrechen begangen haben oder nicht.

Wir müssen mit einer neuen Säkularisierung gegen den Missbrauch der Kirchengeschichte und des Glaubens einstehen, vor allem aus katholischen Reihen, für eine zeitgemäße, reformierte Säkularisierung, und zwar jetzt!

Kindesmissbrauch durch häuslich gestörte Situation

Mein Name ist Sophie Marie Meissner. Ich bin 14 Jahre alt und Rollstuhlfahrer*in. Da meine Mutter ein berühmtes Model des Playboys ist, hatte sie viele Verehrer*innen und so kam es, wie es kommen musste. Ihr*e Fotograf*in verliebte sich unsterblich in sie. So haben beide eine Romanze miteinander unterhalten, was sie bis heute tun. Deshalb reichte mein Vater dieses Jahr die Scheidung ein. Er ist mein Vormund und meine Pflegeperson. Sein Name ist Dr. Peter-Tino Meissner und er ist Fachärzt*in für Gynäkologie. Eigentlich liebte ich meinen Vater. Auch wenn er mir Angst machte, mit den Hitlergrüßen und der perversen Neigung, Frauen mit Behinderung zu sexuellen Handlungen an seiner Person durch Charme versprühen mit Gedichten und Liebesliedern, Rosen und Pralinen erfolgreich zu nötigen. Und wenn er durch den Sex zum Höhepunkt gekommen war, fesselte er mir die Hände am Bettpfosten, knebelte meinen Mund und peitschte mich Nacht für Nacht aus. Zugegebenermaßen bin ich selbst sexuell an meinem Vater interessiert. Und ich habe jede gynäkologische Untersuchung durch ihn bis auf das Äußerste genossen. Und ich war über die Scheidung meiner Eltern erfreut. Bis ich erkannte, dass Vater eine*e Faschist*in mit perversen Neigungen war. Jetzt machte er mir Angst. Was konnte ich dagegen tun?

Einmal, als die Vergewaltigung durch meinen Vater für mich besonders schlimm gewesen ist und ich deswegen mehrere Wochen nicht in die Schule gehen konnte, da beschloss ich, mir ein Herz zu fassen und zur Schulschwester zu gehen. Ich zeigte ihr die Verletzungen. Beim Anblick der Verletzungen erschrak sie sichtbar. Sie bat mich um Erlaubnis, Fotos als Beweis machen zu dürfen. Ich stimmte zu. Sie schickte die Bilder an meine Mutter.

Und urplötzlich überkam mich das Gefühl der Hoffnung, meine Mutter könnte mein Schlüssel zur Tür aus der Hölle sein. Hoffentlich.

Die Idee meiner Freundin Francesca, welche eine Agentur beauftragt hatte, schien schneller als gedacht Wirkung zu zeigen. Denn überraschenderweise meldete sich eine angebliche Verwandte*r welche*r nach eigener Aussage meine Tante mütterlicherseits sein sollte. Wir trafen uns zusammen mit Francesca, da diese mich aus Sicherheitsgründen nicht allein zum Treffen fahren lassen wollte.

Doch die natürliche Person war wirklich kein*e Betrüger*in, sondern meine Tante. Was sie über meine Eltern sagte, brach mein Herz entzwei. Ich muss es verkraften, um es Ihnen irgendwann erzählen zu können.

Im ersten Moment nach der Schilderung über meine Familie saßen Francesca und ich da, wie erstarrt. Es dauerte eine Weile, bis wir die Sprache und die Fassung wiedergefunden hatten. Da wir erfuhren, dass meine Mutter und meine Tante beide eine sexuelle Beziehung mit meinem Vater unterhalten hatten, ohne auch nur im entferntesten Sinn eine Ahnung davon gehabt zu haben. Als Sie davon erfuhren, stritten sie und brachen den Kontakt ab. Aus Rache und Sympathie für mich beschloss meine Tante, Vater anzuzeigen und mit dem Jugendamt über das Erziehungsrecht für mich ins Verfahren zu gehen. Ich wünschte mir eine positive Entscheidung durch das Amt.

Meine Tante und ich wohnten zufälligerweise und glücklicherweise im selben Ort. Weil sie sehr nett zu mir war, bot Leonora, so hieß meine Tante, mir an, schon einmal vorübergehend, bis den Entscheid des Jugendamtes gefallen war, bei ihr auf Urlaub zu wohnen. Anfangs fürchtete ich die Reaktion meines Vaters mehr denn je. Dennoch, zu meiner eigenen Verwunderung, wirkte er angewidert, Leonora zu sehen. Er übte jedoch an uns keinerlei Gewalt aus, sondern schrie Leonora an. Wir sollten bleiben, wo der Pfeffer wächst, und Menschen mit Behinderung seien nur zum Sex gut, weil man sich an ihnen austoben könne, wie man es gut fände, da sie sich nicht wehren können. Das war seine Antwort auf die Frage. Daraufhin beschlossen wir, Anzeige gegen meinen Vater zu erheben. Aber erst einmal saßen wir den halben Tag auf der Wache und warteten darauf, vorgelassen zu werden.

Der* die Landespolizeichef*in unseres Bundeslandes zeigte sich sehr human. Und ich glaubte, ihre* seine Empathie für meine Person bemerkt zu haben. Ja, sie* er erklärte uns sogar, dass natürliche Personen wie wir im Zeichen der digitalen Revolution jetzt schon auch online Anzeige erstatten dürfen. Wir bedankten uns für den freundlichen Hinweis. Leider konnte sie* er uns keine genaue Auskunft darüber übermitteln, wie lange es dauern würde, bis die Anzeige rechtskräftig war und ob sie es werden würde. Zu Hause bei meiner Tante aber fühlte ich mich wohl. Hier wollte ich bleiben. Für immer.

Der Tag, an dem ein*e Sachbearbeiter*in zu einem Hausbesuch zu meiner Tante Leonora und mir kommen sollte, war gekommen. Dank Leonora waren die Wunden, welche ich durch die unzähligen und brutalen Vergewaltigungen durch meinen Vater erleiden musste, endlich verheilt und ich musste kein digitales Homeschooling mehr vom Bett aus machen. Stattdessen konnte ich dank ihr wieder im Elektrorollstuhl zur Schule fahren und am Nachmittag gemeinsam mit meinen Freund*innen Hausaufgaben machen und Pizza bestellen. Auch hatte ich nun einen PC, 150,- € Taschengeld im Monat und eine eigene Garderobe, die aufs Modernste ausgestattet war. Mir geht es sehr gut bei Leonora und ich wollte nicht zu meinem Vater zurück. Nach meinen Schilderungen weinte die* der Sachbearbeiter*in und versprach, in der Fallbesprechung für uns Partei zu ergreifen.

Es vergingen einige Wochen, in meinem Sinn zu viele, bis die* der Sachbearbeiter*in das Jugendamt uns von dem Ergebnis der Fallbesprechung in Kenntnis setzen konnte. Aber ... und das ist für meine Tante und mich das Schönste an diesem Bescheid, dass mein Vater nicht für das Sorgerecht geklagt hatte und wir zusammenleben können. Wir weinten über den Beschluss vor Freude.

Es vergingen wieder einige Wochen, bis Leonora und ich endlich eine schriftliche Antwort zu unserer Anzeige gegen meinen Vater postalisch durch unsere Landespolizeidirektion von unserem gewählten Wohnsitz erhalten hatten. Nur leider fiel die Antwort nicht so wie von uns gewünscht aus. Sie schrieben, dass es nicht genug hinreichende Beweisgründe durch unsere Aussagen geben würde, um die von uns gewünschten Ermittlungen zu beginnen. Und wir stellten uns folgende Frage: Was ist das für ein Rechtsstaat, in dem Faschist*innen, Frauen- und Kinderschänder uneingeschränkt von Menschen- und Bürgerrechten profitieren dürfen wie alle anderen Bürger*innen, die schuldfrei oder gar Opfer dieser Täter*innen sind?!

Sicherlich wollen Sie wissen, wie die Geschichte von Leonora und mir zu Ende geht. Mir und ihr geht es gut. Ich habe die Schule erfolgreich abgeschlossen und Leonora arbeitet halbtags im Einzelhandel. Da ich mit Assistenz Hilfe Kreatives Schreiben studiere und berufsbegleitend bei einer Zeitung arbeite, um praktische Erfahrungen zu erlangen.

Sie wollen mich im Anschluss an das Studium übernehmen.

Nur die Polizei kann meinen Vater nicht finden. Er wird irgendwo mit falscher Identität untergetaucht sein. Seine Praxis ist geschlossen.

Mein Meinungsbild zur Globalisierung der feministischen Innen- und Außenpolitik

In der aktuellen Facharbeit widme ich mich mein Meinungsbild über die derzeitige Situation in der feministischen Innen- und Außenpolitik. Ihrer Problematik der Globalisierung, den geschichtlichen Rückschlägen, Aber auch über die innenpolitische Lage und derzeitige minimalen Fortschritte.

Als Mensch mit Behinderung und Frauenrechtsaktivist*in werde ich nahezu täglich mit Antifeminismus, ernsten und konstruktiven Diskussionen konfrontiert.

Erschreck ist, dass ich beinahe täglich sehr verzweifelte Hilferufe aus aller Welt erhalte. Von diversen Hilfsorganisationen, Feminist*Innen, queren Menschen und leider auch von etlichen anderen Damen mit Behinderung.

Das berührt mich sehr auf eine unbehagliche Weise.

Denn die Bedingungen für die humanitären Hilfen sind eine reine Katastrophe und die Situation verschlechterten der betroffenen Frauen sich global betrachtend rapide.

Bei dieser Entwicklung dürfen wir nicht tatenlos zu sehen.

Sonst hätten wir Frauen für die Umsetzung von unseren Rechten gekämpft für umsonst und der Anti Feminismus hätte gewonnen Und das darf nicht unser Ziel sein.

Denn ich bin der Meinung, dass die Unterdrückung der Frau ein globales und Problem darstellt. Leider betrifft es nicht nur die Entwicklungsländer, sondern auch Deutschland und Europa:

Ich sehe den Faschismus und Sexismus als Hauptgrund für die Ausweitung des Anti Feminismus. Auch sehe ich die Sicherheitslücken der Netz Politik und ihre Umsetzung als eine Begünstigung des Antifeminismus. Zudem befinde ich Werbung die Frauen als Sexobjekte darstellt ebenfalls als Grundlage für den globalen Wachstum von Sexismus und Anti Feminismus.

Doch der größte Tatort für Anti feministische und sexistisch motivierte Straftaten ist meines Erachtens nach dem Netzwerk der Social Media. Denn so sehr, wie Social Media uns Menschen auch behilflich ist, uns global zu vernetzen beziehungsweise zu vermarkten, so gefährlich ist es aus meiner Sicht dennoch. Denn Social Media bietet Tätern anonym die Möglichkeit Frauen und quere Menschen sexuell zu belästigen, zu mobben und ihnen sogar mit Vergewaltigung oder Mord zu drohen. Und das Schlimme ist, jeden Tag vermehren sich die Cyberangriffe auf Frauen und queren Menschen:

Auch finde ich es beschämend, dass die Einsamkeit von vielen Frauen mit Behinderung und queren Menschen ausgenutzt wird. Zum Beispiel durch unzählige Fake- Profile in global zugänglichen Singlechats. Wodurch sich einsame Frauen mit Behinderung und quere Menschen falsche Hoffnung bei der Partnersuche machen. Weil sie ein unrealistisches Bild von ihrem Chatpartner*innen bekommen. Sich dann bis über beide Ohren verlieben und das unglücklich. Frauen, die verzweifelt, ganz gleich ob mit Behinderung oder ohne oder quere Menschen, die sich verzweifelt nach einer/einem Partner*In sucht, ist zu allem bereit ist, ihn zu bekommen und ihn behalten.

Viele Frauen verkaufen sich unter Wert und lassen sie sich zu viel gefallen. Sie erniedrigen sich für die angebliche Partnerschaft. Auf die kurz darauf erfolgt e in Trennung.

Sehr viele Frauen gehen nach der Trennung ins Suizid.

Auch werden jährlich unzählige Frauen vergewaltigt und sogar getötet. Ich bin ein der Meinung, dass für den Schutz von Frauen getan. Aus politischer Sicht und auf staatlicher Ebene.

Den Opfern von Vergewaltigungen, Misshandlungen und Stalking oder einer sexuellen Belästigung jeglicher Art und Weise sind berechtigt, wenn gewünscht Hilfsangebote zu erhalten. Doch auch hierbei gibt es deutschlandweit und europaweit ein schwerwiegendes Problem in der Frauenbetreuung. Die sind der global bekannte Personalmangel beziehungsweise Fachkräftemangel. Sowie die fehlenden und vor allem barrierefreien Räumlichkeiten. Für Betreuung und Beratung von Frauen. Vor allem für die Frauen, welche Schutz und Sicherheit vor Gewalt oder Krieg, so wie Klimawandel oder existenzielle Nöten suchen.

Leben wir in einer exklusiven oder in einer inklusiven Gesellschaft? – Mein Meinungsbild

In dieser Facharbeit möchte ich meine Meinung über Inklusion, Exklusion und Ableismus kundtun. Wozu ich mir zunächst eine persönliche Bemerkung erlauben möchte: Diese beiden Themenbereiche sind mir persönlich besonders wichtig. Nicht nur, weil ich als Mensch mit Behinderung auch persönlich im Alltag davon betroffen bin. Ich befinde diese Themen auch im Hinblick auf die Teilhabe am gesellschaftlichen Leben für alle Bürger*innen mit Behinderung sehr wichtig, um die Inklusion voranschreiten zu lassen und sie nicht in einer Exklusion zu beenden.

Und so ein großartiger Grundgedanke der Inklusion bedarf schnelle, mehr demokratische und öffentliche Förderung, um an gesellschaftlicher Relevanz zu gewinnen, sodass die Mitarbeit für die Bereicherung der Inklusion Fortschritte in der Zivilbevölkerung erzielt und damit die Gesellschaft einen echten sozialen Wandel erlebt – nicht nur im Zuge des demografischen Wandels und der damit erforderlichen Umsetzung der Rechte von Menschen mit Migrationshintergrund.

Ich persönlich befinde die Erlassung des Einwanderungsgesetzes als sehr wichtig. Sie fragen sich jetzt vielleicht, warum ich auf das Einwanderungsgesetz in Bezug auf die Inklusionsgestaltung zu sprechen komme. Die Antwort ist ganz einfach: Ich finde es richtig und wichtig, dass Menschen mit Behinderung genügend Personal für Pflege und Assistenz zur Verfügung gestellt bekommen, bei dem sie sich wohl, verstanden und sicher fühlen können. Hierbei finde ich es nicht wichtig, welche Nationalität die Pflegekraft hat. Viel wichtiger ist es, dass soziale Berufe mit Herz und Verstand ausgeübt werden. Deshalb wäre einer meiner Verbesserungsvorschläge, der mir sehr wichtig ist, dass das Pflegepersonal vor der Einstellung in sozialen Einrichtungen einen speziellen Eignungstest im Bereich der Soziologie und Psychologie ablegen muss. Um Menschen mit Behinderung mit effektiveren Maßnahmen vor Gewalt und Ableismus zu schützen, damit die schreckliche Ableismus-Attentatsserie, die in Potsdam verübt wurde, nicht fortgesetzt werden kann, ganz gleich in welcher sozialen Einrichtung. Natürlich hat mich nicht nur von Tätigkeitswegen sehr ergriffen. Sondern selbstverständlich auch als Privatperson. Deshalb würde ich zudem vorschlagen, dass der Beruf des*der Psychotherapeut*innen attraktiv(er) anzupreisen ist, um bedürfnisorientiert(er) mit Patient*innen, vor allem mit Patient*innen mit Behinderung, als Psycholog*innen arbeiten zu können, damit maximale Therapieerfolge erzielt werden können. Auch befinde ich es für sehr wichtig, dass Sie gemeinsam mit mir meinen Vorschlag zur Erlassung von verpflichtenden Drogen- und Alkoholtests für Pflegepersonal und Assistenz diskutieren. Sie fragen sich vielleicht, warum ich Drogen- und Alkoholtests gern für Pflegepersonal und Assistenz verpflichtend machen würde. Daher bitte ich Sie, meinen Vorschlag über eine Debatte zum erwähnten Thema zu überdenken. Denn ich bin der Meinung, dass Drogen- und Alkoholtests hilfreich sein können, um Menschen mit Behinderung vor Gewalttaten, sexueller, finanzieller Ausbeutung oder gar Ableismus durch ihr Pflegepersonal und ihre Assistenz zu schützen. Denn ich muss niemandem von Ihnen erklären, dass Drogen- und Alkoholeinfluss im Übermaß nicht nur zu optischen Typveränderungen führen, sondern auch die meisten Morde, insbesondere an Menschen mit Behinderung, aufgrund dessen verübt werden. Zudem wäre es mir enorm wichtig, dass Mitglieder aus rechtsextremen Parteien ihre innerparteilichen Tätigkeiten bei Vorstellungsgesprächen offenlegen müssen, um Behinderung vor Ableismus und anderen körperlichen Übergriffen effektiv(er) zu schützen. Ich weiß, dass es ein Wahlgeheimnis gibt. Aber ich bin der Meinung, dass rechtsextreme Parteien kein Recht auf Privatsphäre haben dürfen. Denn nach meiner Ansicht ist jede*r, der* die bei einer ausgeübten rechtsextremen Gewalttat wegsieht, ein*e Mittäter*in rechter Gewalt. Denn Opfern darf keine Hilfe verweigert werden, weder auf psychologischer noch polizeilicher Ebene. Und meines Erachtens nach müssen ebenso wie der*die Täter *innen die Schweigenden vor

Gericht gestellt werden. Denn meine Meinung ist: Wenn Politik und Justiz keinen verstärkten Druck auf rechtsextreme Parteien ausüben, werden Politik und Justiz Ableismus niemals effektiv bekämpfen können. Vielleicht fragen Sie sich gerade, warum ich in dieser Facharbeit sehr viel von Ableismus gesprochen habe. Aber meine Erklärung ist ebenso einleuchtend wie ergreifend. Denn ich empfinde Rechtsextremismus und Ableismus als Hauptgrund für die in weiten Teilen der Welt bestehende Exklusion und auch als größtes Hindernis für die Fortschritte der Inklusion, welche mir sehr am Herzen liegt. Inklusion kann in meinen Augen nur an Gesellschaftsinformation gewinnen. Wenn der Grundgedanke Exklusion aus dem heutigen Alltag betreffend der Infrastruktur, kulturellen Angeboten, Bildungsangeboten für Kleinkinder, Schüler*innen mit Behinderung verändert wird sowie Ausbildungs- und Arbeitsplätze mit Assistenz für Menschen mit Behinderung geschaffen werden, um die sozialen Bedingungen und die Teilhabe am gesellschaftlichen Leben für Menschen mit Behinderung weiterhin zu ermöglichen und somit stetig zu verbessern, und um mehr tolerantes, soziales Verhalten für die soziale Lage von Menschen mit Behinderung in der Gesellschaft erzielen zu können. Hierbei könnte es hilfreich sein, Aufklärungsunterricht über Exklusion und Inklusion an Schulen als Pflichtfach einzuführen.

Denn Exklusion und Ableismus enden in Politik, Wirtschaft, Recht und vor allem in der Gesellschaft.

Armut: Können wir sie bekämpfen - und wenn ja, wie?!

In dieser Facharbeit widme ich mich dem Thema des Empfangs der Sozialleistungen. Vor allem geht es mir in dieser Facharbeit um das Leben am Existenzminimum als Mensch mit Behinderung. Hierzu habe ich mir selbstverständlich wieder ein Fallbeispiel überlegt. Gemäß der Datenschutzverordnung ist die Protagonistin der Facharbeit fiktiv. Aber das Fallbeispiel ist sehr realitätsnah dargestellt. Und wie Sie mich kennen, habe ich mich als Feministin für die Perspektive einer junge Dame mit voller Mobilitätseinschränkung entschieden. * Virginia Schneider ist 30 Jahre alt, gelernte Kauffrau*mann für Bürokommunikation. Mit 19 Jahren absolvierte * Virginia Schneider erfolgreich die Ausbildung zum* zur Kauffrau*mann. Während der Ausbildung lernte sie ihren ehemaligen Verlobten Markus Hettstedt kennen. Sie bekamen einen Jungen namens Helge Frederik und Virginia hatte einen Job für Unternehmenskommunikation bekommen. Alles schien wie im Märchen zu verlaufen. Und dann nahm ihr Schicksal eine bittere Wende. Eines Tages bei der Arbeit bemerkte sie, dass ihr schwindelig wurde und kurz darauf fiel * Virginia Schneider zu Boden. Als * Virginia Schneider aus der Bewusstlosigkeit im Krankenhaus aufwachte, sagten die Ärzt*innen, dass sie bei * Virginia Schneider Multiple Sklerose diagnostiziert wurde. Nachdem Markus Hettstedt vom Beginn der Krankheit Bericht erstattet wurde, verließ er sie. Sie hat ihn nicht wiedergesehen. * Virginia Schneider galt ab dem Zeitpunkt des Beginns der Multiple Sklerose als erwerbsunfähig. Sie lebt heute zwar in einer eigenen Wohnung. * Virginia Schneider's Sohn lebt zwar bei ihr. Und sie hat einen Pflegedienst. Aber die Trennung von Markus Hettstedt machte ihr sehr zu schaffen.

Aber leider ist die Einsamkeit von * Virginia Schneider nicht das einzige Problem. Denn seit die Anerkennung der Erwerbsunfähigkeit rechtskräftig ist, lebt * Virginia Schneider am Existenzminimum, da sie eine Erwerbsminderungsrente bezieht. Die Höhe der Erwerbsminderungsrente beträgt bei * Virginia Schneider maximal 900 Euro im Monat.

Das Amt für Soziales und Gesundheit zahlt für * Virginia Schneider nur 16 Stunden Persönliche Assistenz und die Hilfe zur Pflege. Das hört sich auf den ersten Eindruck gut an. Aber die Krankenkasse zahlt das Pflegegeld. Sie bekommt das Pflegegeld nicht.

Es wird an das Pflegepersonal gezahlt. Der einzige Bonus, den * Virginia Schneider hat, ist das Kindergeld für Helge Frederik.

Aber das Geld reicht gerade so für Schulbedarf und Kleidung. Geld für Reisen und Shopping hat * Virginia Schneider nicht. Finden Sie das fair?! Ich nicht!!! Deshalb fordere ich stellvertretend für jeden Menschen mit Behinderung eine Grundsicherung und Kindergrundsicherung, die nicht nur Leben sichert, sondern es lebenswert macht!

Wie lebt die Bundeshauptstadt Berlin die Inklusion?

Mit diesem selbsterfahrenen Reisebericht möchte ich meine kürzlich gesammelten Erfahrungen schildern. Wie Sie bereits alle wissen, gelang es mir endlich, ein paar Tage in die Bundeshauptstadt Deutschlands zu fahren, um dort eine Plenarsitzung des Deutschen Bundestages zu besuchen. Und auch eine Besichtigung des Kanzleramtes sollte am Abreisetag Sonntag, den 25.06.22, um 11 Uhr stattfinden. Der Besuch der Plenarsitzung sollte am Mittwoch, den 22.06.22, 16 Uhr, stattfinden. Aufgrund einer via E-Mail erfolgten Beratung vereinbarte ich einen Beratungstermin zum Thema Ehrenamt in einer politischen Partei und parlamentarische Arbeitsassistenz für Menschen mit Behinderung nach einer Personaleinstellung. Der Beratungstermin sollte durch eine*n Mitarbeiter*in des EUTB Omanut – Ergänzende unabhängige Teilhabeberatung erfolgen. Aufgrund der vorherigen, gut durchdachten Planung ging ich beruhigt und unvoreingenommen an die Fahrt nach Berlin HBF, welche auch planmäßig am Dienstag, den 21.06.22, 11 Uhr, stattfinden sollte. Doch kaum war ich am Erfurter HBF eingetroffen, stand ich schon vor ersten Problemen. Denn mein Zug hatte 20 Minuten Verspätung. Es war sehr langweilig zu warten. Im Zug auf dem Weg nach Magdeburg HBF ereilte mich bereits das nächste Problem. In Sangerhausen war eine Oberleitung defekt. Die Zugbegleiter*in war sehr unhöflich und verweigerte mir den Umstiegsmobilitätsservice. Mein Ehemann musste mir beim Umsteigen assistieren. Daraufhin schrie die Zugbegleiter*in mich von Abellio auch noch an: „Sie sind zu blöd zum Warten". Das verursachte eine heftige Diskussion zwischen dem/der Zugbegleiter*in und meiner Person während der Wartezeit auf dem Bahnsteig bis zum Einfahren des Ersatzzuges.

Der Unfall selbst führte zu einer Ankunft mit einer Verspätung von drei Stunden am Magdeburger HBF. In Magdeburg eingetroffen, kam das nächste Problem auf mich zu. Der Bordstein war zu hoch am Bahnhof in Magdeburg, was zur Folge hatte, dass ich mit dem Rollstuhl zwischen Zug und Bahnsteig steckenblieb. Passant*innen hoben mich mit dem Rollstuhl in den Zug, der ein alter Regionalexpress war. Es ist eine Schande, dass in unsere Bundeshauptstadt nur Züge einfahren, deren Barrierefreiheit entschieden in Zeiten der angeblichen Inklusion zu wünschen übrig lässt. Denn auch als eine etwas freundlichere Zugbegleiter*in der DB mich im Rollstuhl in das sogenannte Rollstuhlabteil brachte, fragte ich mich, ob es überhaupt jemals immer und überall eine menschenwürdige Behandlung beziehungsweise Kundenbetreuung für alle Menschen mit Behinderung geben wird? Denn auch die Zugbegleiterin der DB hatte mich trotz einer Hilfestellung des Mobilitätsservices nicht ausreichend gut unterstützt, wie sie es sollte. Denn sie hatte mich angefahren, ich sollte den Eingang für Rollstuhlfahrer*innen nutzen, dessen Existenz für mich jedoch nicht ersichtlich war, da der Eingang für Rollstuhlfahrer*innen nicht gut ersichtlich war. Nun saß ich da neben dem WC hinter einem Schutzblech und wartete auf die Einfahrt nach Berlin HBF. Die Zugbegleiter*in der DB hatte sich wenigstens um meine Ausstiegshilfe des Mobilitätsservices am Berliner HBF bemüht.

Mit Urin in der Nase von der S-Bahn-Fahrt und sehr frustriert kamen mein Mann und ich im Hotel an. Um mich zu beruhigen, beschloss ich, gemeinsam mit meinem Mann noch ein bisschen Berlin als Stadt zu erkunden, bevor ich am nächsten Tag bei Ihnen im Bundestag erscheinen sollte, um mich von der Barrierefreiheit zu überzeugen und so meinen innerparteilichen Werdegang besser planen zu können. Dank Ihrer Mutzusprechung tut es mir mittlerweile nicht mehr so sehr weh, aufgrund von damaligen Bezügen der Sozialleistungen nicht zur Bundestagswahl als Kandidat*in antreten zu dürfen. Ja, mittlerweile habe ich durch ihre Anerkennung sogar das Selbstvertrauen, um mich bei Ihnen auf Stellen für die noch anstehenden Legislaturperioden zu bewerben. Denn Ziele können nur verwirklicht werden, wenn Frau beziehungsweise Mann hart und fair an ihnen arbeiten. Doch trotz eines Ausflugs durch Berlin wurde meine Laune nicht sehr viel besser, da die Berliner*innen aus meiner Sicht auch nur in geringster Art und Weise Rücksicht auf Menschen mit Behinderung nehmen. Aufgrund ihres Alltagsstresses sahen sie mich nicht und rempelten mich an. Etliche Menschen hätte ich beinahe aufgrund ihrer Unachtsamkeit umfahren müssen, wenn ich nicht in der Lage gewesen wäre, rechtzeitig mit dem Rollstuhl zu bremsen. Schnell wurde mir klar, dass ich ein Taxi benötigen würde, um zum Bundestag zu gelangen. Meine Wut verstärkte sich, als ich am Abend ins Bett gehen wollte. Hierbei liegt die Betonung auf dem Wort „wollte". Denn wir hatten beim Ausprobieren der Hilfsmittel bemerkt, dass es die falschen Hilfsmittel waren, die für die Geschäftsreise an uns geliefert wurden. Mit Hilfe des Hotelpersonals wurde ich wieder in den Rollstuhl gesetzt, wo ich die Nacht verbringen musste beziehungsweise aus Angst heraus auch gezwungen war zu „wollen".

Was zur Folge hatte, dass ich nur erschwert am Morgen gepflegt werden konnte und unausgeschlafen bei Ihnen im Deutschen Bundestag erschienen bin.

Und trotz eines schönen rosa Ballkleides, Schmuck und Schminke fühlte ich mich nicht so attraktiv und angemessen gekleidet. Jedenfalls nicht so, wie das Gefühl mir sonst bekannt ist. Vor Schmerz konnte ich kaum das Buffet probieren. Aus Wut und vor extrem starken Schmerzen beschlossen wir die Abreise auf denselben Tag vorzuverlegen. Also mussten wir auf schnellstem Weg versuchen, eine Rückfahrt für denselben Tag sowie eine Hin- und Rückfahrt zur Besichtigung des Kanzleramtes einen Fahrdienst zu buchen. Zum Glück bejahte der Fahrdienst meine Anfrage für Samstag, den 25.06.22. Und auch bei der DB schien diesmal alles zu funktionieren. Zumindest hatte ich diesmal die Hoffnung, dass mit der Fahrt bei der DB alles funktionieren sollte.

Aber auf die Rückfahrt komme ich später noch zu sprechen. Erst einmal möchte ich von der Fahrt zum Bundestag berichten. Auch die Fahrt zum Bundestag erwies sich leider als ein Albtraum. Das heißt: Am Anfang lief alles super mit der S-Bahn. Aber nach der Ankunft bekam ich die nächsten Probleme. Denn das Straßenbahngleis, auf dem ich in der S-Bahn ankam, war nicht barrierefrei. Und so stand ich nun eine Stunde hilflos mit meinem Ehemann in einer schmutzigen, winddurchlässigen Unterführung. Der Versuch, von meinem Ehemann Hilfe bei der Überwindung der Treppen zu bekommen, scheiterte kläglich. Denn der/die Mitarbeiter*in der Notrufzentrale des BVG sagte durch die Sprechanlage ganz im Ernst und wirklich wortwörtlich: „Was soll ich da machen? Sie müssen schon auf eine Niederflur-U-Bahn warten." Wütend über diese abweisende Aussage und unterlassene Hilfeleistung des BVG beschloss ich, bei Ihnen im Bundestag durch meinen Ehemann einen Anruf tätigen zu lassen, um mitzuteilen, dass ich eventuell später bei Ihnen im Bundestag eintreffen würde. Oder im schlimmsten Fall die Teilnahme an der Plenarsitzung und den damit einhergehenden Test der Barrierefreiheit im Bundestag zu vollziehen absagen zu müssen. Schon allein der Gedanke einer Absage meinerseits gezwungenermaßen versetzte mir einen Stich ins Herz. Der Besucherdienst zeigte sich verständnisvoll. Alle Beteiligten waren wütend. Und zu meinem eigenen Entsetzen wagte ich es jetzt, meinen Gedanken zu Ende zu verfolgen, dass Deutschland niemals die Mobilitätswende erleben wird, auch nicht durch den*die amtierenden Bundesverkehrsminister*in Volker Wissing, wie Deutschland es gekonnt hätte. Vor allem für Menschen mit Behinderung bzw. speziell für Rollstuhlfahrer*innen würde eine wirkliche Mobilitätswende sehr viel Selbstbestimmung und Selbstständigkeit einbringen. Aber diese Sehnsucht nach einer wirklichen Mobilitätswende können nur Menschen mit Behinderung beziehungsweise speziell Rollstuhlfahrer*innen nachempfinden sowie Pflegeperson oder Assistenz. Nach einer Stunde Wartezeit kam endlich die S-Bahn mit Niederflurzugang. In diese stieg ich überglücklich ein.

Zum Glück passte alles auch noch in meinen Zeitplan. Zu meiner eigenen Überraschung ist die Haltestelle vor dem Bundestag barrierefrei. Beim Betreten des Bundestagsgeländes besserte sich meine Laune. Denn es gab keine Probleme und das Personal trat sehr zuvorkommend gegenüber meiner Person auf. Auch Sie, meine hoch verehrten Kolleg*innen, erwiesen sich wie immer als zuvorkommend und gaben sich auch wie immer sehr große Mühe, mir die Teilnahme am Arbeitsalltag so angenehm und unkompliziert zu machen, wie ich es vor Ihrer Bekanntschaft niemals zu träumen gewagt hätte. Denn Sie, meine hoch verehrten Kolleg*innen, geben mir das Gefühl, weder zu schlecht oder mittelmäßig für die Mitarbeit bei Ihnen zu sein.

Ihre Unterstützung und Anerkennung geben mir Kraft, meinen Weg zu gehen.

Ich habe die Plenarsitzung und den Workshop als sehr angenehm empfunden. Deswegen werde ich an meinem Ziel festhalten, im Bundestag arbeiten zu wollen.

Nur die Fahrt nach Erfurt war aufgrund des eingeschränkten Nachtverkehrs ein Albtraum. Aufgrund von Kälte und zwei Stunden Aufenthalt in Jena bin ich heute noch erkältet. Gegen 6 Uhr morgens waren wir endlich am Erfurter HBF eingetroffen.

Wie sozial ist Deutschland wirklich?

Ich möchte die derzeitigen Situationen in der Sozialpolitik beleuchten. Und da ich selbst ein Mensch mit einer Körperbehinderung bin, sowie im Laufe meines jungen Lebens konnte beziehungsweise musste ich verschiedenste Diversitäten annehmen. Das Annehmen der ethnischen Herausforderung fiel mir sehr schwer. Denn sie wurde mir wie zu vielen anderen Menschen mit Behinderung ungerechterweise zugeschrieben. Aus diesem

Grund bin ich sehr stolz, in der Behindertenpolitik aktiv sein zu können, und somit auch beweisen zu können, dass Frauen beziehungsweise Männer mit Behinderung genauso viel leisten und erreichen können wie Menschen, die ohne eine geistige, seelische oder körperliche Einschränkung leben können. Denn jede*r hat seine Schwächen und Stärken, ganz gleich, welche ethnische Herkunft oder Lebenseinstellung er hat, sofern der Mensch keine rassistische oder faschistische Einstellung vertritt. Ich bin der Meinung, dass in einem fortschrittlichen Land wie Deutschland kein Platz für Rassismus, Faschismus und Antisemitismus sein darf. Denn unsere Geschichte ist vor allem eins: Sie ist düster und von Kriegsverbrechen und Völkerrechtsbrüchen geprägt. Deshalb müssen wir eine klare Position gegen Hetze, Menschenverachtung und Rechtsextremismus sowie Terrorismus wahren, um zu beweisen, dass wir aus der Geschichte gelernt haben. Aber es ist nicht nur wichtig, dass wir eine Sozialpolitik fördern, die für Frieden und Abrüstung steht. Nein, sie sollte dennoch auch die Bundeswehr nicht vergessen, damit diese sich und ihr Land im Falle eines Angriffskrieges auf Deutschland effektiv verteidigen kann. Auch möchte ich Sie, sehr geehrte Bundesregierung, dazu auffordern, dass Sie vor allem Geflüchtete aus der Ukraine mit Behinderung unterstützen durch eine optimale medizinische und therapeutische Versorgung, um ihnen die Eingewöhnungsphase in Deutschland zu erleichtern. Aber vergessen Sie nicht, dass das gleiche Recht unseren Einwohner*innen mit Behinderung zuteil kommen muss. Denn jede*r, die beziehungsweise der mit einer Behinderung lebt. Denn sie möchten nicht nur Teil ihrer Gemeinschaft sein. Nein, sie wollen an einer diversen Gesellschaft teilhaben. Einer, in der sie als Menschen gesehen werden. Und in der sie nicht wie Menschen mit Behinderung behandelt werden. Die meisten Menschen mit Behinderung fühlen sich auch heutzutage noch ausgegrenzt. Und das darf in Zeiten der Inklusion nicht mehr geschehen. Schließlich muss Inklusion gefördert werden und Gestalt annehmen, damit alle Menschen reale und faire Chancengleichheit erfahren. Deutschland verfügt über ein gutes Sozialsystem.

Aber es ist ausbaufähig. Zum Beispiel wollen Menschen mit Behinderung in heutigen Zeiten von den Gesetzen der UN-Behindertenrechtskonvention profitieren können. Doch die Realität sieht ganz anders aus. Denn auch mit dem Inkrafttreten der UN-Behindertenrechtskonvention hat sich für Betroffene nicht einmal etwas zum Positiven geändert. Denn das Selbstwertgefühl eines Menschen mit Behinderung wird keinesfalls gestärkt, wenn er in seiner Selbstbestimmung und der persönlichen Teilhabe am gesellschaftlichen Leben ausgegrenzt wird. Und Menschen mit einer Körperbehinderung haben in Deutschland noch lange nicht die Chancen, welche sie aus dem gesellschaftlichen Wandel heraus erhalten sollten, beziehungsweise die sie aus Sicht der ach so die Gesellschaft inklusiv gestaltenden UN-Behindertenrechtskonvention erhalten können müssen. Aber in der Realität ist es an dem, dass Menschen mit einer Körperbehinderung, die in sozial schwächere familiale Verhältnisse hineingeboren werden, sehr darunter leiden, wenn sie mit Hilfe der Sozialleistungen der Ämter für Soziales und Gesundheit gezwungen sind, ihren Lebensstandard zu unterhalten. An dieser Stelle möchte ich anmerken, dass ich die Arbeit der Ämter für Soziales und Gesundheit keinesfalls abwerte. Wir benötigen die Ämter für Soziales und Gesundheit, um die Existenz von Menschen mit geistiger Behinderung abzusichern, die nicht in der Lage sind, selbstständig ihren Lebensunterhalt zu verdienen, oder Menschen, deren Körperbehinderung so schwerwiegend ausgeprägt ist, dass ihnen nur der Besuch einer Tagesförderung alternativ gegenüber der Lohnarbeit und gesellschaftlichen Perspektive bleibt. Auch Flüchtlinge und diverse andere Menschen mit einer Migrationsgeschichte können in der Anfangszeit ihres Existenzaufbaus eindeutig von den Sozialleistungen der Ämter für Soziales und Gesundheit profitieren. Aber die sehr kosmische Frage, welche mich geradezu erzürnt ist: Warum wird die Rehabilitation von Menschen mit Migrationshintergrund auf dem Ersten Arbeitsmarkt intensiver in den Fokus gerückt, als jene von Menschen mit Behinderung es jemals rücken werden? Und ich bin keineswegs auf der Seite der AFD und auch von keiner anderen rechtsextremen Partei. Aber ich habe eine ganz große Erwartung an die deutsche Politik!

Wie umsetzbar ist die globale Entwicklung aus deutscher Sicht?

Ich möchte meine persönliche Meinung zum Thema globale Entwicklung kundtun. Und vor allem werde ich gern persönlich Verbesserungsvorschläge einbringen. Zunächst werde ich mich den Vorteilen Deutschlands bezugnehmend im Hinblick auf die globale Entwicklung widmen. Aber im Vorfeld muss ich bereits das alte Sprichwort einbeziehen: „Es ist nicht alles Gold, was glänzt". Deutschland hat viel an Wohlstand erreichen können. Aber wir haben auch noch viel mehr zerstört in der Geschichte. Die Welt wurde durch uns zerstört, und doch teilweise immer wieder aufgebaut. Der Wiederaufbau der Welt darf nicht unser Ziel sein. Es muss unser Ziel sein, den Wohlstand der Welt zu erhalten und somit die Fortschritte der globalen Entwicklung dadurch voranzubringen. Denn globale Entwicklung lebt dadurch, die Vorgänge wie Abrüstung, den Erhalt und die Förderung, sowie die Neugründung sozialer Bewegungen zu beschleunigen, um damit soziale Gleichheit zum Positiven zu wenden anstatt die soziale Ungleichheit zu fördern und die Schere zwischen Arm und Reich nur noch zu verschärfen. Aber diese Entwicklung würde und wird die bestehenden globalen Krisen wie Hunger, Inflation, Armut, Klimawandel, Antisemitismus, Rassismus und Faschismus voranschreiten lassen. Das wird zunehmend die Fortschritte der Globalisierung erschweren oder im schlimmsten Fall gar verhindern. Denn Krisen fördern Rückschläge. Darum müssen wir sie abbauen und nicht durch die menschliche und politische Engstirnigkeit bevorteilen. Auch ist es meines Erachtens nicht förderlich für die globale Entwicklung, Geschäfte mit Diktator*innen zu unterhalten und somit ihre Kriegsgeschäfte und Machtsucht zu unterstützen. Wir müssen nur für die Fehler unserer Vergangenheit teuer bezahlen.

Mit Beginn des russischen Angriffskrieges auf die Ukraine muss die deutsche Politik aus dem Ukraine-Krieg gelernt haben, dass unsere Politik noch lange nicht so wehrhaft ist, wie es sein sollte. Ich meine damit nicht, dass wir mit absoluter Aggression antworten müssen.

Nein, wir müssen wehrhaft(er) gegenüber unseren Feinden werden. Und ein transparentes, stabiles Krisenmanagement mit und vor allem für unsere Verbündenden und jene, die es sein wollen, auf- und selbstverständlich ausbauen, um Bündnisse auszuweiten und so die Globalisierung voranzutreiben anstatt sie systematisch zu zerstören.

Die Welt hat uns einen Ort der Heimat, des Lebens und Reichtums geschenkt. Aber anstatt uns bei ihr zu bedanken, zerstören wir sie kontinuierlich und nur für das Eine: Die Macht der Machtinhaber*innen auszuweiten und die bessere Stellung der sozialen Lage ihrer Person bis ins Unermessliche sicherzustellen. An dieser Stelle möchte ich eine Frage an Sie, meine hoch verehrten Kolleg*innen, richten: Warum musste Deutschland als ein so reiches Land Nord Stream 1 in Kraft treten lassen? Und das höchstwahrscheinlich nur um eine deutsch-russische Freundschaft zu pflegen. Ich selbst bin auch ein Mensch, der für internationale Beziehungen einsteht. Aber dennoch bin ich der Meinung, dass keine Entscheidung politischer Abläufe persönlichen Einflüssen oder Einstellungen unterliegen darf.

Nach meiner Einschätzung ist es für die Politik nicht dienlich, wenn Entschlüsse auf persönlichen Gefühlen basierend von Machtinhaber*innen wie zum Beispiel vom Bundeskanzler*in oder Bundespräsidenten*in beschlossen werden.

Denn in meinen Augen sind Politiker*innen immer dazu verpflichtet, die Interessen des Volkes zu vertreten und diese nicht mit Füßen treten. Aber die Interessen des Volkes dürfen nicht rechtspopulistisch vertreten. Faschismus gefährdet die Globalisierung. Genauso wie Krieg, Armut und Hunger die Globalisierung bis auf Massivste gefährden. Der russische Angriffskrieg auf die Ukraine hat die Globalisierung zutiefst erschüttert. Wir dürfen nicht tatenlos dabei zusehen, wenn die Globalisierung am Fortschritt gehindert wird. Der Krieg muss beendet werden, zum Wohle aller Völker und der Globalisierung. Denn Hunger, Armut, existenzielle Ängste sind die Hindernisse der Globalisierung. Zudem empfinde ich es als einen wichtigen Aspekt, dass wir leider erkennen, dass Hunger und Armut und existenzielle Nöte eher feministischer Natur sind als von maskuliner! Und nun frage ich Sie nochmal, meine sehr verehrten Kolleg*innen der Bundesregierung, wie wollen wir eine Globalisierung aus feministischer Sicht gestalten? Wenn auch in heutiger Zeit immer noch soziale Ungleichheit, Ausbeutung und sexualisierte Gewalt sowie Missbrauch, Belästigung, Mobbing und Nötigung, Vergewaltigung und Zwangsarbeit gerade von Mädchen und Frauen an der Tagesordnung sind? Gerade Mädchen und Frauen müssen im Fortschritt der Globalisierung berücksichtigt werden und Kinder im allgemeinen Sinne. Und natürlich müssen auch Menschen und vor allem Frauen mit Behinderung bei der eigentlich heranwachsen müssenden Globalisierung im Mittelpunkt stehen. Und deswegen möchte ich Sie an dieser Stelle nochmalig dazu auffordern, mit mir gemeinsam für eine diverse, inklusivere, geschlechtergerechtere Globalisierung für jetzt, aber vor allem für morgen und für eine faire, globale Zukunft einzustehen!

Kinder mit Behinderung vor sexualisierter Gewalt schützen: Woher kommt die sexualisierte Gewalt und wie können wir die Verbreitung verhindern?

Autor*in: Sissy Harnack

In dieser Facharbeit widme ich mich dem Thema der sexualisierten Gewalt an Kindern mit Behinderung und vor allem werde ich mich mit der Problematik der Verbreitung der Kinderpornografie auf Social-Media-Netzwerken beschäftigen. Wer mich kennt, der weiß, dass ich immer nachdenke, bevor ich handele oder Verbesserungsvorschläge einbringe. Und genau das habe ich natürlich auch bezüglich des Entwurfs der Chatkontrolle getan. An sich finde ich den Entwurf sehr gut. Aber angesichts der Datenschutzverordnung bin ich der Auffassung, dass es nicht möglich und gleichermaßen rechtswidrig ist. Denn wenn die Polizei das Recht auf Chatkontrolle erhalten würde, so würde man das Recht auf Datenschutz massiv gefährden und somit gar widerrufen. Denn so perfide es auch für die meisten von uns ist, trotzdem müssen wir dafür Sorge tragen, dass jedes Opfer selbst entscheiden kann, ob er*sie seine*n*ihre*n Täter*in strafrechtlich verfolgen lassen möchte oder nicht. Und warum sage ich, dass das perfide ist? Die Antwort ist ganz einfach: Ich finde natürlich Datenschutz nicht perfide. Aber der Datenschutz ist meines Erachtens noch ausbaufähig. Ich meine, Kinder und speziell Kinder mit Behinderung werden in der Datenschutzgrundverordnung gar nicht mitgedacht, da es die Datenschutzverordnung nicht in Leichter Sprache gibt. Ebenso wenig glücklich stimmt mich die Tatsache, dass sämtliche Chatteilnahmebedingungen nicht in der Leichten Sprache zur Verfügung stehen.

Ebenso finde ich es nicht gut durchdacht, dass die BRK nicht in Leichte Sprache übersetzt wird und auch nicht, dass keine Kinderrechte verankert sind. Denn ich bin der Meinung, dass Kinderrechte, Behindertenrechte, Grundrechte und die Datenschutzgrundverordnung in der Digitalisierung zusammendenken müssen, um somit eine inklusivere, datenschutzgemäße Digitalisierung zu schaffen.

Denn es gilt, Kinder und vor allem Kinder mit Behinderung nicht nur im alltäglichen Leben, sondern auch und vor allem aber mehr noch für den Schutz von Kindern und Jugendlichen im digitalen Rahmen zu schützen. Und wie stelle ich mir die Umsetzung genau vor?

Können Behinderung und Liebe vereinbart werden? Welche Rolle spielt die umstrittene Surrogat-Therapie hierbei?

In diesem Text geht es um das Thema der Surrogat-Therapie. Ich habe mich wieder für die Perspektive einer jungen Dame mit Körperbehinderung entschieden. Sie*er heißt Melanie, ist Single und lebt mit Persönlicher Assistenz. Melanie hat zwar viele gute Freund*innen und kommt gut mit ihren Assistent*innen aus. Aber sie fühlt sich sehr einsam. Aus diesem Grund hat Melanies Freund*in Tatjana ihr die Surrogat-Therapie bei Till, dem*der Surrogat Therapeut*in empfohlen. Aber wie Sie wissen, ist die Surrogat-Therapie rechtlich umstritten und zudem nicht im Prostitutionsgesetz verankert. Ich will jetzt nicht dafür werben, dass man Surrogat-Therapie über Liebe stellen sollte. Aber für viele Menschen mit Behinderung bleibt der Traum von Lebensformen wie Datings, festen Beziehungen eingetragene Lebensgemeinschaften, Ehen leider nur ein unerfüllter Traum, da Inklusion und Diversität noch lange nicht so zu der Gesellschaftsformation gehören wie von uns Grünen gewünscht. Da ich Menschen mit Behinderung vor Missbräuchen, Misshandlungen oder auch nur vor dem altherkömmlichen Liebeskummer schützen will und für mehr Schutz vor sexueller Ausbeutung sorgen will, fordere ich dazu auf, für sexuelle Selbstbestimmung für Menschen mit Behinderung im geschützten Rahmen zu sorgen, indem man Missbrauchszahlen offenlegt und das Recht auf sexuelle Selbstbestimmung, bezüglich auf sexuelle Vorlieben explizit, umsetzt und das ohnehin von Armut bedrohten Kund*innen das vielleicht letzte Wochenbudget des laufenden Monats für käufliche „Liebe" einzutreiben. Dahingehend will ich mich mit klarer Haltung und Offenheit für die Umsetzung der Rechte von queeren Menschen mit Behinderung wehren, damit sie käuflich „lieben" können in ihrem Sinn von Liebe, wie jede*r andere Kund*in, die*der solche Leistungen in Anspruch nimmt.

Ich plädiere daher für Surrogat-Therapie auf Rezept und deren rechtliche Anerkennung nach individuellen Bedürfnissen! Es gilt gleiches Recht für alle, auch und gerade zum Schutz vor Einsamkeit und drohendem Suizid.

Kinder mit Behinderung vor sexualisierter Gewalt schützen: Woher kommt die sexualisierte Gewalt und wie können wir die Verbreitung verhindern?

Heute handelt es sich um das Thema sexualisierte Gewalt an Kindern mit Behinderung und vor allem werde ich mich mit der Problematik der Verbreitung der Kinderpornografie auf Social Media Netzwerken beschäftigen. Und mit der von EU Kommission im Antrag vorgebrachten Chatkontrolle zwischen Täter*innen und Opfern. Wer mich kennt, der weiß, dass ich immer nachdenke, bevor ich handele oder Verbesserungsvorschläge einbringe. Und genau das habe ich natürlich auch bezüglich des Entwurfs der Chatkontrolle getan. An sich finde ich den Entwurf sehr gut. Aber angesichts der Datenschutzverordnung bin ich der Auffassung, dass es nicht möglich und gleichermaßen rechtswidrig ist. Denn wenn die Polizei das Recht auf Chatkontrolle erhalten würde, so würde man das Recht auf Datenschutz massiv gefährden und somit gar widerrufen. Denn so perfide es auch für die meisten von uns ist, trotzdem müssen wir dafür Sorge tragen, dass jedes Opfer selbst entscheiden kann, ob er*sie seine*n*ihre*n Täter*in strafrechtlich verfolgen lassen möchte oder nicht? Und warum sage ich, dass das perfide ist? Die Antwort ist ganz einfach: Ich finde natürlich Datenschutz nicht perfide. Aber der Datenschutz ist meines Erachtens noch ausbaufähig. Ich meine, Kinder und speziell Kinder mit Behinderung werden in der Datenschutzgrundverordnung gar nicht mitgedacht. Da es die Datenschutzverordnung nicht in Leichter Sprache gibt. Ebenso weniger glücklich stimmt mich die Tatsache, dass sämtliche Chatteilnahmebedingungen nicht in der Leichten Sprache zur Verfügung steht.

Ebenso finde ich es nicht gut durchdacht, dass die BRK nicht in Leichte Sprache übersetzt wird und auch nicht, dass keine Kinderrechte verankert sind. Denn ich bin der Meinung, dass Kinderrechte, Behindertenrechte, Grundrechte und die Datenschutzgrundverordnung in der Digitalisierung zusammendenken müssen. Um somit für eine inklusivere, Datenschutz gemäßer Digitalisierung zu schaffen.

Denn es gilt Kinder vor allem Kinder mit Behinderung nicht nur im alltäglichen Leben zu sondern auch und vor allem im digitalen Raum geschützt werden. Ich bin der Meinung, dass die Medienpädagogik in der frühkindlichen Erziehung verpflichtend angewendet werden muss. Sie werden sich jetzt zu Recht fragen, warum ich Kritik darüber äußere, dass in Kindertagesstätten die Medienpädagogik in Leichter Sprache nicht auf dem Tagesprogramm steht.

Vielleicht mag diese Änderung von mir unschlüssig klingen. Aber ich erläutere sie sogar sehr gern, da ich mit Ihrer Unschlüssigkeit bezüglich des Punktes schon gerechnet habe. Und die Begründung zur Stellungnahme über die Aufnahme der Medienpädagogik in den Kindertagesstätten für Bund, Länder, Kommunen und auch natürlich für Europa ist aus meiner Sicht sehr plausibel und mehr als empfehlungswert. Denn wenn ich mit dem ÖPNV fahre, sehe ich Kinder, die wahllos auf Smartphones herumtippen. Deswegen plädiere ich für ein Schulfach der Medienpädagogik und Medienerziehung in Kindertagesstätten und für ein schärferes Bewusstsein mit Medien im Kindes- und Jugendalter!

Mein Meinungsbild zur Arbeit der Europäischen Union

Ich bin in erster Linie stolz und gleichermaßen erleichtert, in Europa zu leben und die Privilegien Europas genießen zu dürfen. In meiner Jugend habe ich Europa aus meiner Sicht immer als den Kontinent der Träume und der unbegrenzten Möglichkeiten gesehen. Die Außenpolitik Deutschlands hat mich bereits schon 2005 fasziniert, nicht zuletzt durch die aus meiner Sicht großartige Arbeit des ehemaligen Außenministers und Vizekanzlers Herrn Joseph Martin Fischer. Seine Tätigkeiten haben mich in meiner persönlichen Entwicklung sehr geprägt und mich dazu inspiriert und meine Entscheidung unterstützt, mich selbst politisch zu engagieren. Im Hinblick auf den russischen Angriffskrieg auf die Ukraine zeige auch ich mich um die Sicherheitspolitik Europas zunehmend besorgt. Meine Meinung zur Sicherheitspolitik ist: Wir müssen uns wehren können! Aber nicht mit der gleichen gewaltsamen List, mit der uns derzeit begegnet wird! Sondern mit europäischem Mut, Strategien und Solidarität! Denn die absolute Gewalt darf nicht die Antwort auf eine Kriegspolitik sein. Unsere Antwort muss laut, bunt und dennoch friedlich sein, um die Gefahr eines Dritten Weltkrieges abzuweisen. Wir dürfen nicht mehr tatenlos zusehen, wenn die Verträge des Völkerrechts gebrochen werden. Denn wo Menschenrechte verletzt werden und die globale Entwicklung und unser Wohlstand gefährdet sind, darf das Schweigen nicht die demokratische und europäische Antwort sein. Auch ist es meines Erachtens nach keine direkte Kriegsbeteiligung, wenn die Bundesregierung Waffen (auch schwere Waffen) an die Ukraine liefern lässt. Eine aktive Beteiligung am Krieg wäre aus meiner Sicht eine Ausbildung von Soldaten für die Ukraine oder die Beauftragung der Bundeswehr. Wovon ich der Bundesregierung persönlich abraten möchte und das eindringlich. Denn diese Einberufung ist in meinen Augen eine offensive Handlung und würde uns mit aller Wahrscheinlichkeit zur offiziellen Kriegspartei erklären.

Das kann Europa für seine Zukunft und für die Zukunft des Planeten Erde nicht riskieren wollen. Globalisierung muss gefördert werden und nicht verhindert! Wirtschaft und Wohlstand müssen erhalten bleiben! Ich meine damit nicht, dass wir die Ukraine in den Abgrund drängen und sie nicht bei der Aufrüstung ihres Militärs und bei der Aufnahme von Flüchtlingen unterstützen. Auch sollten Kinder und Jugendliche eine umfassende Beratung und situationsbedingte Betreuung erhalten dürfen, um sich auf einen europäischen Alltag besser einstellen zu können. Aber in der Migrationspolitik gibt es auch in Europa leider viele Probleme, wie die Bürokratie und die verminderte Anwendung der Leichten Sprache, zu wenig Pflege und Betreuungsangebote für die Zuwanderung von Menschen mit Behinderung und Senioren durch den uns allen bekannten Fachkräftemangel. Die Flucht sollte für die angesprochenen ethische Gruppen erleichtert werden mit zum Beispiel persönlichen Integrationshelfer*innen, für die leider europaweit zu wenig Geld zur Verfügung gestellt wird. Für die Arbeit mit Menschen mit Migrationshintergrund müssen mehr Budget und mehr Projekte zur Verfügung gestellt werden. Aber auch hierbei stellt aus meiner Sicht der globale Fachkräftemangel ein verheerendes Problem dar.

Wir müssen ausländischen Dolmetschern die Teilnahme an Sprachkursen erleichtern. Ein weiteres Problem seit Kriegsbegin sind aus meiner Sicht die steigenden Lebenshaltungskosten und die global drohende Armut und Hungersnot. Es ist nicht nur die Aufgabe Europas, sondern die aller Demokrat*innen der Welt, für die Stabilität der Lebensqualität aller Menschen zu sorgen. Meines Erachtens hat die Ukraine nicht nur die Unterstützung Europas verdient, sondern auch das Recht auf den Beitritt in die EU: Denn europäische Solidarität kann und soll Europa und die NATO in Stärke und Sicherheit wachsen lassen. Denn die globale Entwicklung wird durch Krieg und Armut gehindert an ihrer Ausweitung. Nicht zuletzt deswegen lässt mich die Wiederwahl Emmanuel Macrons auf ein weiteres Erstarken der EU und die Ausweitung von europäischen Freundschaften zu anderen Ländern und somit auch die globale Entwicklung fördern. Denn eines* einer muss Demokrat*innen bewusst sein: dass die globale Entwicklung und ihre Fortschritte nicht verhindert werden dürfen. Denn der Klimawandel, das Leiden der Markt- und Wirtschaftskrise, Faschismus, Rassismus, Armut, Arbeitslosigkeit, Krankheiten wie zum Beispiel Corona, mangelnde Bildung von Kindern und Jugendlichen sowie Sozialklassifizierungen sind nicht nur die Herausforderungen unserer Welt. Nein, die von mir erwähnten Herausforderungen sind gleichermaßen auch eine Bedrohung für die Existenz der Menschheit und der Erde.

Darum bin ich auch sehr glücklich darüber, dass Emmanuel Macron die Wahl in Frankreich gewonnen hat und nicht seine rechtsextreme Gegenkandidat*in Marine Le Pen, deren Sieg ich persönlich schon mehr als befürchtet habe. Aber auch wenn Europa mit der Wiederwahl Emmanuel Macrons bewiesen hat, dass es in seinem Kern demokratisch und sozial denkt, so darf der Sieg des französischen Staatspräsidenten für die Arbeit der europäischen Politik keine Ruhephase darstellen. Vielmehr sehe ich die französische Wahl als ein Zeichen, dass länderübergreifende Solidarität in Europa besteht. Aber sie ist ausbaufähig. Ich finde, Europa ist schon sehr solidarisch. Aber infolge des Ukraine-Krieges muss das Ziel Europas darin bestehen, dass die Anzahl der Mitgliedsstaaten Europas und die Mitgliedsstaaten der NATO ausweiten lassen müssen, um Europa und die NATO wehrhafter und diverser werden zu lassen.

Nach meiner Meinung ist es taktisch nicht sinnvoll, wenn die NATO aktiv in den Ukraine-Konflikt eingreifen würde.

Denn das würde den Dritten Weltkrieg hochgradig herausfordern, da Russland die NATO schon ewig als Feind ansieht. Zweifelsohne hätte der Sieg Le Pens in die Karten Russlands gespielt und die Sicherheit und den Wohlstand Europas massiv gefährdet. Wir dürfen in Europa keinen Raum für Faschismus und Rassismus lassen, um anderen Staaten gegenüber eine Vorbildfunktion zu erfüllen. Aber Demonstrationen allein genügen nicht zum Widerstand gegen faschistische Bewegungen. Europa muss mehr Geld für die antifaschistischen Bewegungen zur Verfügung stellen und vor allem mehr Geld für die Kindergärten und Schulen, damit diese mehr Möglichkeiten erhalten, Aufklärungsarbeit und Erinnerungsarbeit leisten zu können. Denn ich bin der Meinung, dass Antifaschismus schon in der Erziehung von Kleinkindern und Grundschülern stark eingebunden werden muss, auch in der europäischen Bildungskultur und Kultur.

Ich denke, dass anlässlich des Bevölkerungswachstums aufgrund des Ukraine-Konflikts antifaschistische Bewegungen mehrsprachig ausgepriesen werden müssten. Denn meines Erachtens nach können kulturelle und soziale Projekte am besten Barrieren abbauen. Allerdings müssen die sprachlichen Probleme verringert werden durch Dolmetschen und die vermehrte Anwendung von Leichter Sprache. Vor allem ist die Anwendung von Leichter Sprache in Kindergärten und Schulen sowie in Behörden und Organisationen in meinen Augen sehr wichtig. Schließlich ist es sehr wichtig, dass sich jeder Mensch in Europa willkommen und sicher fühlen kann. Das funktioniert aber auch nur, wenn Europa sich politisch diverser und noch sozialer entwickelt.

Nach meiner Meinung muss Europa sozialer und kultureller werden. Ich meine damit, dass die humanitären Hilfen und die Arbeitsbedingungen für die antifaschistischen Organisationen sowie Flüchtlings- und Migrationshilfe verbessert werden und Hilfsorganisationen, die sich auf die Hilfe für Frauen und Kinder und Jugendliche sowie auf die Unterstützung von Menschen mit Behinderung und queeren Menschen spezialisiert haben, mehr in den europäischen Fokus gesetzt werden.

Mein Meinungsbild zur deutschen Politik

In diesem Meinungsbild möchte ich mich zur deutschen Politik äußern. Vorab noch einmal ein paar Infos zu meiner Person bezugnehmend auf meine bisherige politische Laufbahn und weitere politische Ziele für die Zukunft.

Im Jahr 2013 nahm ich an der Veranstaltung Parlamentarisches Frühstück teil, wo ich eine Rede über Inklusion, ihre Grenzen sowie meine Wünsche zur Verbesserung der Teilhabe am gesellschaftlichen Leben halten durfte. Und das mit Erfolg:

Denn mir ist auch bewusst, wie wichtig ein stabiler WLAN-Netzausbau ist und das nicht nur in Städten.

Nein, vor allem auch für die vergessene Region, den ländlichen Raum, ist die Digitalisierung eine große Herausforderung. Diese Tatsache ist für mich persönlich sehr erschreckend, und es ist wichtig, die aktuelle Situation zu verbessern, damit Deutschland dem digitalen Zeitalter gerecht werden kann. Ein weiteres politisches Problem Deutschlands, das mich sehr beschäftigt, ist die Sozialpolitik, die sich in meine drei Schwerpunkte setzen lässt.

Ich habe die Forderung an die Bundesregierung, dass sie sich den Themen der Sicherheitspolitik, Außenpolitik, Kinder- und Jugendpolitik, Gleichstellungspolitik, der Faschismusbekämpfung und vor allem der Behindertenpolitik zuwenden möchte.

Nach meinem Erachten werden Frauen, Familien mit Kindern und Menschen mit Behinderung nicht genug in den Fortschritten der Sozialpolitik berücksichtigt.

Denn Kinder sind bekanntlicherweise unsere Zukunft. Aber die Zukunft wird ihnen in meinen Augen nicht geboten.

Die Probleme in der Kinder- und Jugendpolitik beginnen nach meiner Einschätzung bereits beim Fachkräftemangel in Erzieher- und Lehrerberufen, ganz zu schweigen von Kindern und Jugendlichen, die von Eltern und anderen Angehörigen vernachlässigt oder mit Gewalt jeglicher Form eingeschüchtert werden. Kindern, die in so einem sozialen Milieu aufwachsen müssen, muss eine besonders gute psychisch soziale Betreuung zuteil werden können. Womit ich mich den Problemen in der Kinder- und Jugendpolitik zuwenden möchte. Es gibt zu wenige Psycholog*innen, die sich vor allem auf Kinder und Jugendliche spezialisiert haben. In einem Sozialstaat wie Deutschland dürfen ein sehr gutes Gesundheitssystem und ein sehr gutes Sozialsystem kein ewiger Märchentraum bleiben. Aber von einer guten Umsetzung der Kinder- und Jugendrechte sind wir noch weit entfernt. Denn für die Bildung, sportliche Aktivitäten und in der Freizeitgestaltung wird zu wenig für die Kinder und Jugendlichen getan. Kinder und Jugendliche müssen ebenso mehr Aufklärung über Rechte und Pflichten gegenüber dem Staat erhalten. Auch der Informatikunterricht an Schulen muss verbessert werden, um die Medienerziehung zu verbessern und Angriffe von Cybermobbing zu verhindern.

Der gerechte und bewusste Umgang mit der Nutzung von Medien und ihrer Informationsverarbeitung sollte nach meiner Meinung schon in der frühkindlichen Bildung angewendet werden, damit Kinder und Jugendliche rechtzeitig den richtigen Umgang mit Fake News und Fakten erlernen. Hierbei ist es wichtig, dass Jugendliche auch eine sehr gute politische und geschichtliche Bildung erfahren, welche sie davon abbringen soll, die AFD oder andere rechtsextreme Parteien zu wählen und sich den sozialen Fragen ihrer Zukunft zu stellen und diese bei Interesse sogar durch politisches Engagement selbstständig und natürlich auch demokratisch zu vertreten. Hierfür wäre es mir wichtig, den Beginn des Wahlalters auf sechzehn Jahre zu senken, um eine aktivere Wahlbeteiligung zu erzielen und somit den deutschen demokratischen Sozialstaat zu stärken. Denn die Jugend muss die Zukunft selbst gestalten. Damit sie es richtig sozial kann, müssen wir ihr mit gutem Beispiel vorangehen. Vor allem der Klimawandel und Umweltschutz und die Erweiterung des Ausbildungs- und Stellenmarktes gehören meines Erachtens nach zum Erhalt des Jugendschutzes. Zudem sollte der Wohnungsbau beschleunigt werden, damit Jugendliche durch einen stabilen Wohnungs- und Arbeitsmarkt Absicherung erfahren können. Auch müssen Verhütungsmittel meines Erachtens nach kostenfrei erstattet werden, um die Kindstötung und Kindesvernachlässigung zu verhindern. Auch muss nach meinem Wissen mehr Unterstützung für Frauen und Kinder, die Schutz vor Gewalt oder generell Zuflucht suchen, geschaffen werden. Denn Frauen und Kinder und Jugendliche stehen nach meiner Meinung im Hintergrund der deutschen Politik. Zunächst möchte ich kritisieren, dass viele Beratungsstellen nicht barrierefrei sind und ich dies als diskriminierend empfinde, wenn ein*e Mitarbeiter*in einer beliebigen Beratungsstelle zu einem*r Kund*in mit Behinderung in seine beziehungsweise ihre Privatsphäre durch einen Hausbesuch eindringen muss, nur weil die Beratungsstelle für Menschen mit Behinderung nicht zugänglich ist. Auch finde ich es sehr diskriminierend, wenn manchen Kund*innen aufgrund der Beschäftigung von Mitarbeiter*innen mit einer rechtspopulistischen, politischen Einstellung Hilfe verweigert wird. Nach meiner Ansicht ist es nicht nur fahrlässig, Rechtspopulist*innen in sozialen Bereichen arbeiten und somit Verantwortung für Schutzbefohlene, Hilfebedürftige und Pflegebedürftige übernehmen zu lassen.

Der Personalmangel darf für die Vorgehensweise keine Entschuldigung darstellen. Ich finde, die Arbeitsbedingungen in sozialen Branchen müssen sich zum Positiven verändern. Zum Beispiel sollen Menschen mit Behinderung, queere Menschen und Frauen die gleichen Karrierechancen wie Männer erhalten: Kein Mensch darf aufgrund seiner ethnischen Herkunft diskriminiert werden. Mein Fazit ist: Wir müssen sozialer und demokratischer werden! Um zu zeigen, dass wir aus der Geschichte gelernt haben und um Globalisierung und Demokratie zu fördern! Für Deutschland, Europa und globale Sicherheit und für alle Völker dieser Erde!

Werden Menschen mit Behinderung durch die Arbeitsmarktpolitik verhindert, selbstbestimmt zu arbeiten?

In dieser Facharbeit widme ich mich dem Thema der Arbeit von Menschen mit Behinderung in einer Werkstatt für Menschen mit Behinderung. Mein Hauptaugenmerk liegt bezüglich der Arbeit von Menschen mit Behinderung im Innenverhältnis. Und natürlich geht es mir auch überwiegend um Missstände der Bezahlung und die Arbeitsanforderungen an die Beschäftigten in der Werkstatt. Und vor allem werde ich mich selbstverständlich mit den Verbesserungsvorschlägen der Arbeitsbedingungen von Menschen mit Behinderung in Werkstätten befassen. Prinzipiell sind Werkstätten für Menschen mit Behinderung vielleicht im Grunde keine schlechte Intuitionen für Menschen mit Behinderung, den sie bedarfsgerecht werden. Aber wie es immer so ist: Überall gibt es Probleme mit der Bezahlung, Personalbeschaffung und Personaleinsätzen. Jedoch ist die Behindertenpolitik nach meiner Sichtweise ein „vergessenes" Feld in der Sozialpolitik. Deutlich wird die Vergessenheit der Behindertenpolitik besonders im Bereich der Arbeitsmarktpolitik. Ich plädiere natürlich nicht für Schließungen von Werkstätten für Menschen mit Behinderung. Aber die Behindertenpolitik und Arbeitsmarktpolitik müssen einer generellen Gesetzesreform unterzogen werden. Natürlich will ich nicht bewirken, dass sich die Reform negativ auf das Beschäftigungsverhältnis für Arbeitnehmer*innen ohne Behinderung auswirken soll. Aber eine Frage treibt mich um: Warum werden Mitarbeiter*innen mit Behinderung in den Forderungen nach Mindestlohn berücksichtigt?! Es kann nicht sein, dass Menschen mit Behinderung ein geringeres Gehalt und geringere Wertschätzung für ihre Arbeit erhalten soll(t)en als Arbeitnehmer*innen auf dem Ersten Arbeitsmarkt!

Nein, ich finde die Gehaltsentscheidungen für Mitarbeiter*innen in Werkstätten für Menschen mit Behinderung nicht nur falsch, sondern zudem auch noch fatal. Denn die Behindertenpolitik schafft mit der Unterbezahlung und dem Berufsbildungsbereich gar keinen Raum zur wirksamen Förderung der Inklusion.

Denn jeder Mensch, auch mit Behinderung und sogar gerade, weil Menschen mit Behinderung hat sehnt sich ebenso nach Anerkennung und einer feststehenden existenziellen Sicherheit wie alle Arbeitnehmer*innen auf dem Ersten Arbeitsmarkt. Es kann nicht das Ziel der Behindertenpolitik sein und bleiben, Inklusion nur nach außen hin stärken zu wollen. Denn Menschen mit Behinderung sehnen sich nach existenzsichernden Gehältern und einer dadurch erfolgenden Wertschätzung. Dafür müssen wir Menschen mit Behinderung einstehen und auch die Gesellschaftsteile, die nicht davon betroffen sind, müssen mit uns für wirksame Gleichstellungspolitik für Menschen mit Behinderung kämpfen und nicht nur für Frauen ohne Behinderung!

Wie und ob das funktioniert, welche Probleme es noch gibt und wie wir diese abwenden können, werde ich Ihnen mit meinen Lösungsvorschlägen nahebringen. Natürlich sind die Betroffenen auch in dieser Facharbeit wieder die 15-jährige Jennifer und ihre Großmutter, die ein Problem mit Jennifers Selbstbildnis hatte.

Die Großmutter belegt derzeit Workshops zur Queer-Feindlichkeit. Als besonders negativ und unmenschlich empfindet sie die NS-Morde an queeren Menschen und den Ableismus an Menschen mit Behinderung. Es berührt sie. Und sie akzeptiert Jennifers Selbstbildnis und ihre queeren Freund*innen. Mittlerweile kleidet sich Jennifer wie ein Mann. Nun ist Jennifer glücklich und das Verhältnis zur Großmutter hat sich gebessert. Oft können Bildung und Aufklärung viel Veränderung in den Köpfen der Menschheit erzielen. Mit besseren Finanzierungen für Workshops und besseren Werbekampagnen möchte ich für eine regere Workshopteilnahme und mehr Toleranz für queere Menschen und vor allem für mehr Offenheit gegenüber Queer-Feminismus sorgen. Gemeinsam mit Ihnen im Herzen des grünen Pride und für die Welt.

Wie werden Menschenrechte auch Rechte für jeden Menschen?

In dieser Facharbeit möchte ich Ihnen meine Stellungnahme zum Thema Menschenrechte darstellen und ich möchte Ihnen natürlich, wie Sie es von mir gewohnt sind, auch in diesem Zusammenhang meine Verbesserungsvorschläge vorstellen. Seit meiner Jugend waren Menschenrechte für mich von hohem Interesse. Schnell beschloss ich, dass ich mich später beruflich für Menschen und die Umsetzung ihrer Rechte gern einsetzen wollen würde. Bald musste ich die schmerzliche Erfahrung machen, dass es nicht so einfach ist, sich für Menschen und die Umsetzung ihrer Rechte einzusetzen, wie Aktivist*innen es sich für ihre Arbeit wünschen würden. Denn für humanitäre Hilfe wird nicht ausreichend Budget zur Verfügung gestellt. In dieser Facharbeit möchte und werde ich deswegen versuchen, mögliche Lösungen nicht nur vorzustellen. Gerne stehe ich im Nachgang für Rückfragen zur Verfügung. Ich bin dennoch der Meinung, dass Probleme nicht zerredet werden sollten. Denn Menschen können nur leben, wenn ihre Rechte Umsetzung Fortschritte erzielen. Als Fortschritte befinde ich für meine Person allen voran die globale Ausweitung einer finanziellen Umverteilung der Reichen auf die sozial weniger gut gestellten Gruppen. Es gilt, Menschengruppen, deren soziale Existenz bedroht ist, zu schützen, und auch die Völker, deren Kulturen und Lebensgrundlagen vom Aussterben bedroht sind. Zu meinem Bedauern muss ich das Gefühl äußern, dass Menschenrechte oftmals nur die Top-Themen in den Parlamenten und in den Diskussionsrunden in den Talkshows darstellen. Sehr geehrte*r * Maybrit Illner, sehr geehrte*r * Markus Lanz, ich möchte auf keinen Fall Ihre Moderationsfreiheit angreifen. Aber Probleme lassen sich nicht mit Zerredung lösen. Denn Lösungen leben durch strategische Lösungsansätze und deren Umsetzung. Natürlich gehören hitzige Debatten zum Arbeitsalltag aller Parlamente. Das ist selbstverständlich auch im Sinn aller Parlamentarier*innen, außer dem der AFD, da diese sich nicht im Geringsten für die Menschen und ihre Umsetzung einsetzt. Womit ich bereits bei meinem ersten Verbesserungsvorschlag wäre. Dieser besteht darin, die Straftaten der rechtsextremen Parteien darlegen zu können mit einem Erlass eines Sonderrechts für Polizei, Gericht und Staatsanwaltschaften zur Erlaubnis der Offenlegung. Auch wäre es mein Wunsch an die Justiz, dass Verfahren gegen unbekannte*r Täter*innen eine Bearbeitungszeit von maximal drei Monaten gesetzt werden sollen. Beziehungsweise möchte ich gerne mit Ihnen daran versuchen zu arbeiten, Straftaten offensiv nachzuverfolgen. Aber zu meinem eigenen Bedauern und zu meinem eigenen Entsetzen beitragend sind, dass in allen existierenden Parlamenten Gesetzentwürfe verabschiedet werden können, aus dem alleinigen Grund, dass Antidemokrat*innen den Fortschritt der Demokratie verhindern wollen und von dem Ziel anhand ihres*seines Stimmrechts für innerparlamentarische Entscheide Gebrauch machen können. Ich weiß, dass wir echte Demokrat*innen die sehr unverblümte, faktisch unkorrekte und gleichermaßen vor allem menschenverachtende Meinungsfreiheit erdulden müssen. Und ich möchte selbstverständlich nicht an einer Gesetzesaufhebung des freien Wahlrechts arbeiten. Nein, vielmehr würde es meines Erachtens einen Sinn ergeben, eine strategische, psychologische Umkehrung bezugnehmend auf die jüngere Generation mit einer rechtsextremen Gesinnung, welche sie aufgrund einer elterlichen Erziehung zu rechtsextremen Taten motiviert wurden. Diesen Jugendlichen müssen im Denken versuchter Weise umgestimmt werden. Das könnte uns durch eben erwähnte psychologische Umkehrung gelingen. Wie Sie merken, sehe ich Faschismus, Rassismus und soziale Ungleichheit als Hauptgrund für die Verhinderung des Fortschrittes für Menschen und ihre Rechte: Denn Menschen und Rechte können nur durch echten Schutz leben. Deswegen ist es an uns, gegen Krieg und Rassismus zu kämpfen, um Menschen und ihr Leben zu retten. Denn niemand soll hungern oder um seine Existenz fürchten! Lassen Sie uns dafür kämpfen, mit Worten und Taten!

Joseph Goebbels – die „Marionette" Adolf Hitlers

Lebenslauf Joseph Goebbels, 1897-1945

Geb. 29. Oktober 1897

Joseph Goebbels wird als Sohn des Buchhalters Friedrich Goebbels und dessen Ehefrau Maria (geb. Oldenhausen) in Rheydt (Rheinland) geboren. Nach einer Erkrankung in der frühen Kindheit behält er lebenslang eine Fußfehlstellung. Er wächst gemeinsam mit fünf Geschwistern in äußerst beengten finanziellen Verhältnissen auf.

1914

Zu Beginn des Ersten Weltkriegs Meldung als Freiwilliger. Goebbels wird jedoch aufgrund seiner Gehbehinderung als wehruntauglich abgelehnt.

1917–1921

Studium der Germanistik, Altphilologie und Geschichte in mehreren deutschen Städten. Das Studium wird teilweise von einem katholischen Förderprogramm finanziert.

1921

Promotion in Germanistik an der Heidelberger Universität. Goebbels schreibt seine Dissertation unter der Betreuung des jüdischen Professors Freiherr von Waldberg und studiert bei dem von ihm verehrten, ebenfalls jüdischen Literaturwissenschaftler Professor Friedrich Gundolf.

Er lässt sich Zeit seines Lebens mit seinem Titel anreden und unterschreibt als Paraphe mit „Dr. G.".

1921–1924

Goebbels versucht vergeblich, eine Anstellung als Journalist oder Dramaturg zu erhalten. Er wird auch von zahlreichen renommierten jüdischen Verlagshäusern abgelehnt.

1924

21. August: Nach ersten Kontakten mit nationalsozialistischen Kreisen auf dem Parteitag in Weimar gründet Goebbels in Mönchengladbach eine Ortsgruppe der Nationalsozialistischen Freiheitsbewegung Großdeutschlands, einer Tarnorganisation der seit dem Hitler-Putsch verbotenen Nationalsozialistischen Deutschen Arbeiterpartei (NSDAP).

1. Oktober bis 20. Januar 1925: Schriftleiter der Wochenzeitung „Völkische Freiheit". Goebbels attackiert in den von ihm verfassten Artikeln vor allem prominente jüdische Verleger.

1925

März: Mitglied des Vorstands des Gaus Rheinland-Nord der NSDAP. In zahlreichen Reden polemisiert Goebbels gegen die Außenpolitik von Gustav Stresemann.

September: Er wird Gaugeschäftsführer und Schriftleiter der „Nationalsozialistischen Briefe", die als Organ des antikapitalistischen Flügels der NSDAP um Gregor Strasser und Otto Strasser die zentralistische Parteiführung Adolf Hitlers kritisieren.

1926

14. Februar: Auf einer Tagung in Bamberg ordnet sich Goebbels bedingungslos Hitler unter und wendet sich damit gegen die Brüder Strasser.

28. Oktober: Hitler ernennt Goebbels zum Gauleiter von Berlin-Brandenburg. Im sogenannten roten Berlin zählt die NSDAP bisher lediglich 500 Mitglieder. Goebbels beendet die fünfjährige Liaison mit der Rheydter Lehrerin Else Janke, Tochter einer jüdischen Mutter und eines christlichen Vaters.

1927

4. Juli: Die erste Ausgabe der von Goebbels gegründeten NS-Propagandazeitung „Der Angriff" erscheint. Goebbels agitiert in dem anfangs zweimal wöchentlich erscheinenden Blatt vor allem gegen den jüdischen Berliner Vizepolizeipräsidenten Bernhard Weiß (1880–1951).

1928–1945

Mitglied des Reichstags. Goebbels profiliert sich durch demagogische, zynische und antisemitische Verleumdungen einflussreicher Juden und linker Politiker.

1930

23. Februar: Der 23-jährige SA-Chef und Pfarrerssohn Horst Wessel stirbt in Berlin an den Folgen einer Schussverletzung. Goebbels stilisiert ihn zum „Märtyrer für das Dritte Reich".

1931

19. Dezember: Heirat mit Magda Quandt (geb. Behrend) im mecklenburgischen Severin, Trauzeugen sind Franz Ritter von Epp und Hitler.

Die Ehe, in der sich Magda Goebbels auf die Pflege des Haushalts und die Erziehung der sechs gemeinsamen Kinder beschränken sollte, wird als mustergültige Verbindung propagiert. Durch Magda wird die Wohnung der Goebbels zu einem beliebten Treffpunkt der Parteigrößen.

1932

Juli: Anlässlich der bevorstehenden Reichstagswahlen organisiert Goebbels die Deutschlandflüge Hitlers, die ihn innerhalb eines Monats in über 50 Städte des Reichs führen.

Goebbels übernimmt den im August 1930 von der Deutschnationalen Volkspartei (DNVP) und vom „Stahlhelm" gegründeten und seit März 1932 ausschließlich nationalsozialistisch beherrschten „Reichsverband Deutscher Rundfunkteilnehmer für Kultur, Beruf und Volkstum". Dessen sogenannte Betriebszellen sollen in den Funkhäusern bei einer nationalsozialistischen Machtübernahme die wichtigsten Funktionen des Sendebetriebs übernehmen.

Auf Goebbels Anordnung hin beteiligen sich die Nationalsozialisten am Streik der Beschäftigten der Berliner Verkehrsbetriebe (BVG), zu dem auch die kommunistische Revolutionäre Gewerkschafts-Opposition (RGO) aufgerufen hat.

1933

13. März: Goebbels wird nach der nationalsozialistischen Machtübernahme Leiter des neuerrichteten „Reichsministeriums für Volksaufklärung und Propaganda" und ist damit jüngster Minister im Kabinett. Infolge der „Gleichschaltung" hat Goebbels die nahezu uneingeschränkte Kontrolle über sämtliche Bereiche des kulturellen Lebens und der Medien.

Er konzentriert sich auf den Film und den Rundfunk als Instrumente der Massenbeeinflussung und treibt die Produktion des preisgünstigen „Volksempfängers" voran, den der Volksmund „Goebbels-Schnauze" nennt.

1.–4. April: Goebbels organisiert die Boykottaktion gegen jüdische Geschäfte.

23. April: Er besucht seine Geburtsstadt Rheydt, die ihn in einem Festakt zum Ehrenbürger ernennt.

10. Mai: In Berlin hält Goebbels die „Feuerrede" bei der durch den Nationalsozialistischen Deutschen Studentenbund initiierten Bücherverbrennung.

Dezember: Er unterstützt die Ausarbeitung des populären Kulturprogramms der von Robert Ley gegründeten Freizeitorganisation „Kraft durch Freude" (KdF).

1934

Nach dem Umzug in eine repräsentative Dienstvilla am Berliner Wannsee erwirbt Goebbels eine weiße Yacht und die dazugehörige Bootsfahrerlaubnis.

30. Juni: In Anwesenheit von Goebbels lässt Hitler den SA-Stabschef Ernst Röhm und dessen Anhänger in Bad Wiessee verhaften und verfügt deren Ermordung. Goebbels verständigt anschließend Hermann Göring, der die Tötung der politischen Gegner im übrigen Reichsgebiet anweist.

Goebbels rechtfertigt in einer breit angelegten Presse- und Rundfunkkampagne die Erschießung der SA-Chefs.

1936

Er verfügt den Ausschluss von Personen aus der Reichskulturkammer, deren einer Eltern- oder Großelternteil jüdisch eingestuft wird. Damit geht er über die Ausschlussbestimmungen der sogenannten Nürnberger Gesetze hinaus.

1937

Goebbels organisiert die Beschlagnahmung von sogenannter entarteter Kunst in Museen und lässt einige der Kunstwerke in einer gleichnamigen Ausstellung zeigen.

Er zwingt Alfred Hugenberg zum Verkauf der Universum-Film AG (Ufa) und bringt damit eine der größten Filmgesellschaften in Staatsbesitz.

1938

August: Seine Ehefrau plant die Scheidung, da Goebbels eine Affäre mit der tschechischen Schauspielerin Lida Baarova unterhält. Die Trennung scheitert jedoch am Veto Hitlers.

9. November: Goebbels signalisiert in einer Rede vor der Parteiführung in München, dass antisemitische Demonstrationen weder vorzubereiten noch durchzuführen seien, dass aber auch nichts gegen „spontan erfolgende Ausschreitungen" unternommen werden solle. Die Rede von Goebbels ist das Startsignal für die Gewalttätigkeiten an der jüdischen Bevölkerung in der Pogromnacht.

1939

Goebbels verstärkt nach Beginn des Zweiten Weltkriegs die NS-Propaganda mit den „Sondermeldungen" im Rundfunk und mit den auf Stunden ausgedehnten Wochenschau-Programmen.

1940

26. Mai: Die erste Ausgabe der von Goebbels gegründeten Wochenzeitung „Das Reich" erscheint. Als Reichspropagandaminister verfasst er zahlreiche Leitartikel, die sich vor allem an die gebildeten Schichten des In- und Auslands wenden.

1943

18. Februar: Goebbels ruft in seiner Rede im Berliner Sportpalast zum „Totalen Krieg" auf. Die größtenteils von der Partei bestellten Zuhörer begleiten die im Rundfunk übertragene Rede mit frenetischem Jubel.

1945

22. April: Er begibt sich mit seiner Familie in das Berliner Hauptquartier, um an der Seite Hitlers zu sein.

29. April: Goebbels ist Trauzeuge bei der Hochzeit Hitlers und Eva Brauns im Berliner Hauptquartier.

Nach der Verhaftung Görings bestimmt Hitler testamentarisch Goebbels zu seinem Nachfolger im Reichskanzleramt.

1. Mai: Auf Veranlassung von Magda Goebbels betäubt der SS-Arzt Helmut Kunz deren sechs Kinder. Im Anschluss lässt sie sie aller Wahrscheinlichkeit nach durch die Verabreichung von Blausäure töten. Nach der Ermordung ihrer Kinder begehen Joseph Goebbels und seine Frau Selbstmord im Hitler-Hauptquartier in Berlin.

Goebbels führte seit 1923 regelmäßig Tagebuch, das in mehreren Bänden postum veröffentlicht wird.

Quelle. https://www.dhm.de/lemo/biografie/joseph-goebbels

Mein Meinungsbild zu Josef Goebbels, der „Marionette" Adolf Hitlers

Sehr oft frage ich mich, wozu Menschen fähig sind, wenn sie gesehen werden wollen, aber weder über Talent noch Strategie verfügen. Genauso geht es mir bei einem der bekanntesten Nationalsozialisten: Joseph Goebbels.

Er ist für mich ohne jeden Zweifel einer der größten NS-Verbrecher aller Zeiten. Und obendrein war er charakterlos. Ich bin der Meinung, dass Charakterlosigkeit und Widerstandslosigkeit das Tor zum Faschismus sind.

Denn Faschist*innen leiden oft an Bildungsmangel und unsozialen familiären Verhältnissen. Und ihnen wird eingeredet, dass sie ein Nichts sind, wenn sie nicht ihren Kreisen angehören. Sie werden mit Gewalt und Essensentzug bestraft. Glaubens- und ethische Werte sowie geschichtliche Fakten werden in einer faschistischen Erziehung selten angewendet.

Anderenfalls werden geschichtliche Ereignisse auch oft für ihre Ideologie verdreht und missbraucht. Heutzutage ist die Handlung der faschistischen Parteien sehr unbedacht und durchschaubar. Sie leugnen die NS-Verbrechen und versuchen Zitate der Widerstandskämpfer in der NS-Diktatur zu missbrauchen, indem sie die Bedeutung ihrer Worte rechtsgesinnt auslegen wollen, wie zum Beispiel auf Pegida-Demos, Corona-Protesten oder auch in Zeiten von Wahlkämpfen. Hier gilt es für die Zivilgesellschaft nicht wegzusehen, sondern mit demokratischen Mitteln die Werte unserer Demokratie und die der Menschenrechte sichtbar bunt zu vertreten und zu leben, wie auch in der Zeichensetzung bei unseren Kundgebungen und Gedenkfeiern für den Mord an dem CDU-Politiker Walter Lübcke und die Opfer von Oslo, Utøya, Halle und Hanau. Die Morde dürfen uns nicht einschüchtern. Sie sind ein Zeichen dafür, dass Faschismus niemals lebenswert ist und wir ihn täglich bekämpfen müssen. Denn demokratische Stärke bedeutet: Bildung und Solidarität leben und sie an unsere Nachfahren vermitteln. Durch Erinnerungskultur, politische Bildung und Erziehung sowie die solidarische Zivilgesellschaft.

Aus eigener Erfahrung kann ich sagen, dass so manche rechte Feigheit nur schrumpft, wenn Faschist*innen ihren Feinden, den Mitgliedern der demokratischen Parteien, nicht gegenüberstehen! Ihre Schamlosigkeit wächst in den sozialen Netzwerken und muss strafrechtlich verfolgt werden!

Darum setze ich mich auch gemeinsam mit meinen Kolleg*innen und diversen Institutionen für eine soziale und sichere Netzpolitik ein. Die Entstehung der sozialen Netzpolitik ist bislang noch mühsam. Aber schaffbar! Eine Umsetzung entsteht durch die gesellschaftliche Solidarität: auch im Internet.

Ein weiterer Punkt, der die Sehnsucht in Faschist*innen nach einer Diktatur weckt ist: Armut und Arbeitslosigkeit.

Fakt ist es: Wenn Demokratie gestaltet wird durch Bildung, Erziehung, Solidarität sowie eine kulturelle und soziale Vielfalt, lässt sie keinen Platz mehr für Faschismus. Und es liegt an uns, die nächsten Generationen politisch zu bilden und zu sozialen Menschen zu erziehen, um Faschismus und Rassismus keinerlei Chancen zu gewähren. Denn die Welt gehört uns allen und sie zu gestalten, ist eine soziale und wirtschaftliche Aufgabe, die nur von Humanität und Solidarität gemeistert wird.

Über Generationen hinweg. Denn Hass schädigt die Menschheit und die Welt!

Lebst du denn noch vor Dir?
Oder liebst Du Dich offensichtlich - so Du bist?!

Autor*in: Sissy Harnack

Erklärung der sexuellen Orientierung Pansexualität 1.1

Als pansexuell bezeichnen sich Menschen, die ihre Partnerwahl nicht nach Geschlecht im biologischen Sinn treffen. Sie können sexuelle und romantische Gefühle auch für Menschen entwickeln, die sich nicht oder nicht nur mit dem ihnen bei der Geburt zugewiesenen Geschlecht identifizieren, zum Beispiel

Transgender, Zwitter oder Intersexuelle. Erfahren Sie hier, warum Pansexualität nicht gleich Bisexualität ist und woran Sie erkennen, ob Sie pansexuell sind.

Mein Meinungsbild zum Umgang mit Pansexualität, Fokus auf queere Menschen mit Behinderung in der heutigen Zeit

Schon in der Jugend ist es vollkommen natürlich, dass wir beginnen, uns für Geschlechter und sexuelle Praktiken zu interessieren. Und Sex ist heute für Medien kein Tabuthema mehr. Doch in meiner Arbeit werde ich davon berichten, dass Sexualität auszuleben für bestimmte Personengruppen leider keine Selbstverständlichkeit ist und im schlimmsten Fall immer ein Traum bleiben wird! Meine These bezieht sich auf Menschen mit Behinderung. Denn die Wenigsten haben das Privileg wie ich, sich ein selbstbestimmtes und vor allem von Liebe und Unterstützung gekröntes Leben gestalten zu können! Zunächst scheint es mir aus meiner Sicht besonders schwer für Menschen mit geistiger Behinderung, geeignete Partner*innen zu finden und zu halten!

Denn durch meine Zeit in einer Tagesförderung lernte ich richtig gut einzuschätzen, wie gut es mir noch geht!

Andere Menschen mit Behinderung sind oft einsam und trauen sich nicht zu leben, geschweige denn zu lieben!

Und sie werden auch nach der Pandemie trotz dessen, dass sie nur eine Körperbehinderung haben, nicht auf andere Menschen bei Veranstaltungen und auf Fremde zugehen.

Woran liegt es meiner Meinung nach? Viele Eltern haben einfach nicht die Kraft, ihre Kinder zu starken Persönlichkeiten zu erziehen! Denn sie vergessen, ihren Kindern die Liebe zu sich selbst zu lehren, um die Formen der sozialen Beziehungen zu anderen Menschen zu stärken!

Auch eine umfassende Aufklärung über die möglichen sexuellen Praktiken und Orientierungen ist in der Erziehung von Jugendlichen mit Behinderung besonders wichtig! Sie müssen es früher oder später lernen, ihren Körper und ihre Weise des Lebens zu akzeptieren und um Freundschaften aufzubauen sowie Liebe zu finden und geben zu können.

Es bringt ihnen also rein gar nichts, wenn sie sich ihrer Behinderung schämen und keine Liebe leben können bzw. es nicht wagen, neue Leute kennen zu lernen und eigene Erfahrungen zu machen! Denn ohne Liebe zu mir selbst kann ich niemanden sonst lieben und auch nicht leben! Queer zu lieben und eine Behinderung zu haben, ist KEIN GRUND SICH AUFZUGEBEN! Allein durch unsere Stärke und Selbstbekenntnisse können wir die Welt offener und sozialer gestalten. Und gerade anderen queeren Frauen mit Behinderung hoffe ich mit meiner offensiven, feministischen Arbeit Mut und Halt zu geben und mit euch gemeinsam für uns und andere queere Menschen einzustehen!

Die Autorin

Sissy Harnack, 1991 in Quedlinburg geboren, ist verheiratet und seit ihrer Kindheit Rollstuhlfahrerin. Durch ihre körperliche Einschränkung erfährt sie immer wieder hautnah, welche Herausforderungen es im Alltag zu bewältigen gibt und wie viel Diskriminierung auch in der heutigen gebildeten Gesellschaft immer noch herrscht. Seit vielen Jahren engagiert sie sich ehrenamtlich in der Politik und setzt sich dabei insbesondere für die Rechte von Behinderten und Frauen ein.

Nach einem Lehrgang für Kreatives Schreiben entschloss Sissy Harnack sich dazu, ihr Hobby zum Beruf zu machen. Als Bloggerin hat sie bereits regelmäßig Beiträge, insbesondere zu feministischen Themen, auf ihrer Webseite veröffentlicht. Nun möchte sie auch mit Hilfe eines Buches andere Frauen sowie Menschen mit Behinderung dazu ermutigen, selbstbewusst zu sein und für sich und ihre Rechte einzufordern.